JN043806

辺境薬術師のポーションは至高

騎士団を追放されても、魔法薬がすべてを解決する

Kou Kakui
鶴井こう

illust.
中西達哉

CTERS
サフィ
誇り高きエルフのイメージを壊す
軽ーいノリで、辺境の工房を
運営する金髪美少女。
メリア・
クリムレット
辺境伯のおてんば娘。
干からびそうなロッドを
拾ってあげた。
ロッド・アーヴェリス
本作の主人公。家も金も職もない
崖っぷちの魔法薬術師だが、
ポーション作りの才を秘めている。
ニア
変な鳴き声の猫(?)
角に強い魔力を宿している。

CHARA
ゾルト
ロッドが所属していた
王国騎士団
第十五番大隊の副隊長。
ロウレンス・
クリムレット
高名な魔法使いで、
指揮能力も抜群の辺境伯。
領民からの信頼厚い大人物。
少女怪盗オジサン
腐敗した貴族を許さない正義の怪盗。
その正体やいかに……

プロローグ

採取してきた薬草類をすりつぶす。

王都近くの森の中で、布を枝に吊《つ》るしただけのテントを背にしながら、《火《ファイア》》の魔法石《まほうせき》で集めた薪《まき》に火をつける。

昨日まで王国騎士団大隊付きの魔法薬術師だった俺——ロッド・アーヴェリスは、現在無職であった。

肩書だけは立派だが、十歳のころに拾われて、十五歳になる今まで非正規で何年もこき使われただけだ。それから戦力外通告を受けてやめさせせられ、無職になった。薄給だったので金もない。もともと隊舎に住んでいたので、住むところもない。

「もう詰《つ》みそう……俺の無職生活」

除隊させられて一晩過ごしただけだが、もはや崖《がけ》っぷちだった。とにかく、何かを売って稼がないと生きていけない。家族も友人も、俺にはいない。一人でなんとかやっていかないと。

「お空、きれい……」

やめよう、現実逃避。

俺ができることといったら、今までやってきたポーション――魔法薬《まほうやく》とも言う――の製作しかない。それでしか、生きるすべを知らない。

さきほど採ってきてすりつぶした薬草類と、ゴミ山から拾ってきたヒビの入った瓶《かめ》、それに触媒《しょくばい》用の魔法石を準備。

それから、ポーションの製作に入る。

今まで何度もやってきたことだ。手順は頭の中に入っている。

触媒である魔法石に魔力を込める。

製作に集中すると、雑音が消え、周囲の景色が見えなくなり、ポーション作りだけに意識が向く。

この時間はわりと好きだ。集中している間は明日への不安も、お金の心配も忘れられる。

「……ふう」

やがて、少ない材料で、整っていない環境で、どうにか一つ。

治癒《ちゆ》のポーションが完成した。

「どうにかできたか……けど、やっぱり、うーん」

生産効率の面で、やっぱり工房が必要だ。それに工房があれば、もっとポーションの研究もはかどるだろう。俺の、俺の研究のためだけの薬術工房がほしい。あとできれば住むところも。

まあ、夢のまた夢なんだけどね。

「それに品質も保証できないしな……いや、それは最初から期待できないか」

一つ完成すると、もともと使い古していた触媒用の魔法石にヒビが入った。新しいものを手に入れないと、もうポーションさえ作れないか。

「泣きそう」

自我を保つためになるべく独り言をつぶやいていたけど、それでも泣きそう。

とりあえず、完成したこれを売ってお金にしよう。今後のことは、それから考える。

たった一本のポーション、お店に買い取ってもらえるかはわからないが、今日を生き抜くには、ほんのわずかでもお金が必要だ。

俺は森を抜けだして町に入った。町の中は賑《にぎ》やかで、華やかだ。戦《いくさ》もない平和な昨今、王都で暮らす人たちの生活はとても豊かに見える。

俺のような薄汚れた少年でも、お店に物を売れるだろうか。

不安を覚えながらも魔法薬のお店を探す。

そもそも、こんなポーションがどれだけの値段になるのだろう。才能のない俺が整っていない環境で作ったのだから、品質など良いはずがないのだ。

それでも、生きていくには何かを生産しなきゃならない。作って売って金にしないと、野垂《のた》れ死《じ》んでしまう。

問題は、売って手に入れたお金で、食料を買うか、新しい触媒用の魔法石を買うかである。けど……食料は、もう少し我慢する必要があるか。

ため息混じりに通りを歩きながらお店を探していると――

「え……!?」

そこには白いパンツがいた。

「うわあああ！」

パンツのモンスター的な何かかと思って叫んだら違った。女の子が道の低木に首から突っ込んで出られなくなっているのだ。

突っ込んだ拍子《ひょうし》にスカートが枝に引っかかったみたいで、かわいらしい白い下着があらわになっている。

「だ、誰か―……」

なんか、気が抜けるような、か細い声が聞こえてきた。

助けを求めているようなので、俺はすぐに女の子の体を引っ張って低木から引き抜いた。

「ありがとうございます」

「あ、うん、大丈夫？」

パンツが見えていたことは言わないほうがいいな。

「ごめんなさい、ちょっと足を怪我していて。うまく歩けないんです」

十代前半くらいの女の子だった。背が低くて、青髪。整った顔をしている。足を骨折しているのか、あて木がされ包帯が巻かれていた。

「本当だ。痛そうだね」

「この間、木登りをしていて落ちてしまいました」

「やんちゃだね」

足は結構ひどい状態だった。それでも、ポーションがあれば少しはましになるだろうか。

「…………」

俺は、手に持っていたポーションに目を落とした。

これを女の子に与えれば苦痛はいくぶんか和《やわ》らぐだろう。質が悪いから、完治はしないと思うけど。

でも、これを女の子に与えてしまったら、売るものがなくなってしまう。

新しい魔法石を手に入れるお金も手に入らなくなる。

——さんざん迷って、ややあって、女の子に笑いかけ、口を開いた。

第一章　辺境伯領フーリァンへ

「今ちょうどポーションがあるから、どうぞ」

俺は後ろ手に隠していたポーション用のビンを女の子に差し出した。

「いいんですか？」

女の子は目を丸くして、差し出されたポーションを見た。

「怪しいものは入ってないよ」

俺はビンを開けて、自分で少しだけ飲んでみせる。

「ありがとうございます」

それを見て安心した女の子はぐびぐびとポーションを飲む。

「え……!?」

女の子は驚愕《きょうがく》した。ほのかな光とともに足が動くようになったのだ。包帯を取ると、もう補助なしで普通に歩けるようになっている。

「すごい！　すごいです！　歩けます！」

薬草の質がよかったのだろうか。俺のポーションで、女の子の足は完治したようだ。いや、もし

かしたら思ったより足の状態は悪くなかったのかも。

何にしても、終わった。俺の人生。

魔法石を買う金もない。服とか自分の持ちものでも売るか。しかし《火》の魔法石は生活必需品で売れないし、あとはものを入れて持ち運べる『収納の魔法石』と俺の魔法薬研究ノートくらいしかない。

前者も必需品だし、後者は売りものにならない。

今日は木の幹でも食べて、明日ゴミ漁りでもするか。なんだか泣けてきた。足が完治した女の子のテンションは爆上がりだが、俺は駄々下《だださ》がりである。

「……よがっだねえ足治って！」

「泣いて、喜んでくれているんですか？」

「いや自分の馬鹿さ加減に泣いてるの！」

「ごめんなさい、あなたのポーションだったのに。でもほら、見てください」

女の子は俺からもらったポーションのビンを見せる。飲み干していなかったようで、一割ほどの薬液がまだ残っている。

「ちょっと残ってます」

「ちょっとね！　それくらい残すなら全部飲んだら!?」

まあ、喜んでもらえたならなんでもいいか。

「メリアといいます。わたし、あなたを気に入りました」

女の子――メリアは泣き崩れる俺にハンカチを差し出してくれる。汚したら弁償できないのでハンカチは受け取らなかった。

「それはどうも」

「わたしに仕えるつもりはないですか？」

なんか、あれかな。ごっこ遊びみたいなもんかな。

身なりは普通だけど、所作がちゃんとしている。一般家庭より少し上くらいの家の子だろう。羨《うらや》ましい。

まあ、ごっこ遊びなら、少しは付き合ってあげるか。

何せ失うものが何もない無敵状態だ。野垂れ死ぬまでに、少しは楽しい思い出があったほうがいいだろう。

「明日には干《ひ》からびてるだろうけど、それでよければぜひよろしくお願いしますよ、姫」

「干物になれるんですか？」

「まあね！　仕事がないから何にでもなれるんだ！　可能性の面だけ見れば君と同じだね！　俺はそのまま朽《く》ち果てると思うけど！」

もはややけくそだった。

「お仕事がないのですか？　それならすぐにでも臣下《しんか》になれますね！」

「もちろん。タイミングがよくて私は幸運ですよ」

俺はうやうやしく膝《ひざ》をついて、メリアの前で頭を下げる。

「やったわ！　お父様ー！」

「え？」

お父様出てくるの？

「お父様、彼をわたしの臣下としますがよろしいですね！」

メリアは嬉々《きき》としてお父さんと思われる人物の手を引いて連れてくる。

「いや、何を言っているんだい」

見事な髭《ひげ》を蓄《たくわ》えたお父さんは眉《まゆ》を寄せた。

そりゃ、そういう反応になるだろう。むしろ俺、不審者じゃん。

「仕事がないみたいなので！」

「いやそういうことじゃなくてね、メリア」

「でも彼のポーションでわたしの怪我がたちどころに治りました」

「え……あの怪我を？　たしかに歩けてるね……」

お父さんは驚いたように目を丸くすると、

「……………」

俺をじっと見る。

「えっと、なんでしょう？」

「よし、採用。ちょうど魔法薬術師を探していたんだ。幸運だったよ」

「採用？　いや、何がどうなって——」

反論しようとお父さんを見たとき、思いのほかいい身なりをしていることがわかった。腰には、短剣を差している。装飾に宝石をあしらったもので、厳重に革のベルトに固定されている。高価そうで、庶民《しょみん》が買えるようなものではない。

お父さんの顔をよく見る。

「私の臣下として採用するということだ。不服ならそう言ってくれてかまわないよ」

俺は遅ればせながらその人物が誰なのか気づく。

隊にいたとき、遠目に一度だけ見たことがあった。

「……顔くらいは知っているようだね。なら話は早い」

王都から一番遠い辺境地域を統《す》べる大人物・クリムレット辺境伯《へんきょうはく》。

お忍びなのか護衛もいない。こんなナチュラルに王都の通りで遭遇《そうぐう》することになるとは思いもしなかった。

「ちょっと待ってください。俺を召し抱える？　クリムレット辺境伯が？」

「なんだい、嫌なのかい？　それとも仕事がないというのは冗談だったのかな？」

「いや、それは本当ですけど」

メリアは平たんな胸を張って言う。

「そうです！　わたしの臣下です！」

「娘に気に入られたみたいだね。まあ娘の臣下じゃなくて私の臣下になるけど。娘の遊び相手兼私の臣下ってところかな」

「お父様、それは聞き捨てなりません。次期クリムレット辺境伯として、今のうちに臣下を集めておくのです」

「まったくこれだよ。気が早いって言ってるのに」

お父さんもといクリムレット卿《きょう》は懐《ふところ》から『帰還の魔法石』を取り出す。

「じゃあ、もうフーリァンへ帰るけどいいね？」

「あ、はい。どうぞ」

慌てて答えるが、

「どうぞじゃなくて君も行くんだよ？」

すでに俺を採用するというのは決定事項らしい。

帰還の魔法石に魔力の光がともると、足元に魔法陣が展開した。ほどなくして地面の魔法陣が収束すると、まばゆい光とともに視界から王都の景色が消えていく。

次に視界が開けたときには、もう辺境伯領フーリァンについていた。

辺境伯領フーリァンは緑豊かな広い領邦だ。

エルフやドワーフ、獣人たちとの交易の要所で、さまざまなところからの流通を担っている。

ナチュラルにエルフが通りを歩いている。王都じゃなかなか見られない光景だ。

「すごくいいところでしょう？」

メリアは得意げだ。

俺が惚《ほう》けながらフーリァンの町並みを眺《なが》めていると、

「ちなみに前は何をしていたんだい？　王都でどんな仕事を？」

クリムレット卿が俺に尋ねる。

「……王国騎士団第十五番大隊付きの魔法薬術師をしておりました」

躊躇《ためら》いがちに答える。

「へえ……大変名誉ある職じゃないか。どうしてやめたんだい？」

「…………」

俺は言葉に詰まった。

クリムレット卿がなぜ俺なんかを召し抱える気になったのか、いまいちわからなかった。そして
その理由を尋ねるのは、失礼な気がした。


——俺が無職になる前。

「おい、ロッド、この時間でまだ三百もできていないのか!?」

王国騎士団第十五番大隊のゾルト副隊長は、俺に怒鳴った。

俺は、魔法薬術師として王国騎士団で働いていた。

大層な肩書とは裏腹に、朝から晩までポーションを作らされる毎日。給料のもらえる奴隷《どれい》みたいなものだった。

もっとも、その給料も雀《すずめ》の涙だったが……

ポーションは体力回復のかなめだ。日々モンスターと戦う騎士団としては切らすわけにはいかないんだろう。誰かが無理をしなければならない。

「全然だめじゃねえか！　終わっていたら追加で五十頼もうと思ってたのによ！」

夜遅くまでポーションを作っていたが、ノルマの三百本には届かなかった。

いつもはもう少し余裕があるんだけど、連日ノルマに追われる生活をしていたせいでその日は体に限界が来ていた。意識がもうろうとしていた。

「昔はそんな体《てい》たらくじゃなかったのにな」

「すみません」

孤児《こじ》だった十歳のころに隊に拾われ、そのまま魔法薬術師として働くようになってから五年。寝る時間も惜しんで、毎月増えていくノルマをこなし続けてきた。

毎日一、二時間くらいしか寝ていない。手も足もしびれている。集中しすぎて頭がもうろうとする。

無理が祟《たた》ったんだろう。憔悴《しょうすい》して、体の機能がだんだん働かなくなってきていた。

「まさか体調管理できてないとかないよな？　そんなのはただの言い訳だし、本当だとしても自業自得だろうが。私生活を改めろ」

「その通りです」

「毎日命かけて戦ってる俺たちと違って、お前は呑気《のんき》に手抜いてポーション作りか。本当いい身分だよな」

「いや、手を抜いてなんて……」

「じゃあさっさと作れよ！」

怒鳴られるとさらに頭痛がした。

「ただでさえお前にはおかしな噂が立っている。隊の金を少しずつ盗んでいるとか、町の娘をさらって乱暴しているとかな」

「それは無実です」

前にも追及されたことがあるが、俺じゃない。変な噂のおかげで、俺は隊のみんなからは変な目で見られていた。

「どうだかな？」

と言ったのは、俺と同時期くらいに隊に入ったシンという魔法薬術師だった。シンは、拾われた俺と違い正規に隊員になった魔法薬術師である。

「所詮《しょせん》拾われた奴だが、ここで働いているからにはしっかりしてくれないと困るな？」

シンが近くに寄ってくる。

「いつになったら俺の生産能力と鑑定評価に追いつくんだ？」

たしかに、俺はどんなにがんばって改良していいものを作っても評価が低かった。『鑑定器』に評価させても、十段階中の三段階までしかいかない。低品質評価だ。

対して、シンは十段階中十段階評価——最上級品質だった。最高品質のものを作っていながら、シンは俺を上回るペースで生産できる。

毎回最高の品質というのは少し気になるが……いや、ひがむのはやめよう。きっと俺に才能がないだけだ。

「生産能力が落ちてるし、やはりここらが切りどきだな」

ゾルト副隊長は俺に言った。

今思えば、孤児の浮浪者だった俺を拾い非正規でここに置いていたのも、つぶれるまで使い倒すつもりだったのかもしれない。

今まで衣食住を提供してもらっただけでもありがたかったと思う。半面、生産ペースはかなり厳しく、体が持たなかった。

そしてついにクビを言い渡された。ただの非正規隊員の俺が副隊長の命令に逆らえるわけがない。

彼がクビといったらクビなのだ。

「このクソぼろいノートは持っていけ。汚くて目障《めざわ》りだったんだよ」

ゾルト副隊長は俺が仕事の片手間、研究に使っていた十冊ほどの研究ノートを指差した。

それから、杯がついた木製の台座に魔法石が十個連結した鑑定器も俺のほうに差し出す。

「あとこの鑑定器もだ」

ポーションの品質を測定するのに使っていた鑑定器は貴重である。俺にくれるのは意外だった。

「けっこう便利なんですけど持ってっていいんですか？　ポーション以外も品質を測定できるし」

「新しく買い替えたものがあるからな。古すぎるからいらん」

「わかりました。ではありがたく」

俺が鑑定器を受け取ると、なぜかシンはクスクスと笑った。

なんだ？　と疑問に思うも、気にしないことにする。シンは常に俺を馬鹿にするきらいがあった。

追い出されるのを面白がっているのだろう。

「誰もお前に期待していなかった」

ゾルト副隊長は言った。

「今まで置いてやっただけでもありがたく思え」

ゾルト副隊長の言葉は、本当にその通りだった。道具として扱われてきたとしても、今まで生きてこられたのは隊にいたおかげだった。

俺は隊舎の自分の荷物をまとめ、早々に隊をあとにした。住む場所がないので森の中で浮浪者生活をしようとしていた――クリムレット卿に召し抱えられたのは、そんなタイミングだった。

「なるほど」

今までの経緯をかいつまんで説明したら、クリムレット卿はうなずいた。

クリムレット卿は、俺のような役立たずを拾ってどうするつもりだろう。やはり、騎士団にいたころのように使いつぶすつもりなのだろうか。だとしたらすぐに意見を申し立て、卿が思っているような人材ではないことを理解してもらわなければならない。実力が伴っていないのはもちろんのこと、俺はもうすでに使いつぶされたあとの絞《しぼ》りカスでしかないのだから。

「雇ってくれるのはありがたいのですが、俺ができることといったら、質の悪いポーションをやや大量に生産できるくらいです。あまり期待されても困ります」

「そんなわけないだろう。骨折さえ治す効果だということは娘の前で実演してくれたはずだ」

「きっと偶然素材がよかったからです」

「うーん……まあいいさ。とにかく、君には同じようにポーションを作ってもらう。これが仕事の一つ」

きっとこれからも役立たずがとか言われながら仕事を振られる生活が待っているのだろう。しかし最低限生きていけるから、それでもいいかと思う。雇ってもらったことを喜ぼう。

「そして、ここが今日から君の職場だ」

クリムレット卿に言われ、俺たちは近くにある木造の平屋に入った。

その瞬間わかった。

ここは魔法工房――ポーションや魔法道具を作る場所だ。薬術工房と違って、ポーション以外も作っているらしい。

やたら本が多く散らかっているが、部屋いっぱいの本棚や、引き出しの多いキャビネットなどは魔法使いの工房なら普通だ。

それに、工房のはじっこ。無骨《ぶこつ》な土人形みたいなのが丸くなってるけど、あれゴーレムだよな。人間には作り方を知らされていない門外不出の秘宝とまで言われているのに、無造作に置いてあるのはある意味シュールだ。

「おじゃまするよ」

クリムレット卿が言うと、本の山の間から、メガネをかけた金髪エルフ少女が顔を出した。

「やっほー、クリムレット卿。お嬢もいるの……その子誰？」

辺境伯相手にめっちゃ不届きな言い方だった。ていうか、エルフが工房で働いているのか。すごいところだな。

「彼女はエルフ族のサフィちゃん」

「サフィ『ちゃん』!?」

クリムレット卿の耳を疑う紹介。

エルフといえば誇り高い種族で有名で、ちゃんとかあだ名とか付けようものならガチギレされるって噂話を聞いていたのだが……違うのか。

と思ったけど、辺境伯であるクリムレット卿にそのまま大声で返しちゃう俺もけっこう不届きだった。

「そうだよー」

エルフの美少女が気の抜けた感じで肯定した。

「あの、いいんですか、ちゃん付けで」

「何か問題ある？」

噂ってあてにならないな。

「で、誰？」

「本日新しくクリムレット辺境伯の臣下になりました、ロッド・アーヴェリスです」

見慣れないエルフの人に、なんだかかしこまってしまうが、彼女が近づいてきたら身長は俺の胸くらいしかなかった。

メガネをくいと上げて背筋を伸ばすサフィちゃんさん。

「よろー」

軽いな。誇り高いエルフのイメージ壊れちゃう。

「ロッドくんは、とりあえず彼女の下についてもらうよ」

「……ふーん」

近づいて、物珍しそうに俺の顔を見るサフィさん。美形の少女が至近距離で俺を見るので、なんだか緊張してしまう。

「クリムレット卿が目を付けたのならよほどの腕なんだろうけど」

「いや、そんなことないですね」

「いいよ。わかった。預かるよ。けど、まずは実力を見たいね」

サフィさんは気の抜けた表情を崩さなかったが、その語調は少し引き締まっていた。

「クリムレット卿が連れてきた人物にしては、魔力は凡庸《ぼんよう》に感じるんだよね。どんなポーションを作るのか見てみたい」

「なるほど。たしかにそれは気になるね」

実力をテストしたいというのだろう。俺はうなずいた。

命令には従う。文句は言わない。それで罵倒《ばとう》されることになってもめげない。

今までやってきたことだ。

……すぐ戦力外通告をくらって追い出されるかもしれない。それはちょっとめげるかもしれないけど、まあ、そのときはそのときだ。

「わかりました。少しお時間をもらいます」

「素材はこの工房にあるものを使って」

「了解です」

俺は薬草やすり鉢《ばち》や触媒用の魔法石や試験管や坩堝《るつぼ》など、ポーションに必要な道具や素材を用意していく。

薬術工房としての設備は整っている。製作に問題はない。

「がんばれー」

サフィさんはそれを見ながら応援している。

メリアは、俺の近くに来て食い入るように見ていた。

俺はいつもポーションを製作するときと同じように、集中。魔法石に魔力を通し――

「！」

一気に製作に移る。

設備が整っているからやりやすい。隊での生産で鍛《きた》えた手際は、健在。薬草から抽出《ちゅうしゅつ》した成分やほかの成分を適度に温めた坩堝で合成していく。

「ほう？　どうだい、サフィちゃん？」

「これは……やっぱり、集中力が上がるのに比例して、魔力が底上げされていく⁉　ちょっと待って、人間でこれだけの潜在魔力って……⁉」

なんかクリムレット卿もサフィさんも驚いているようだが、よく聞こえない。

集中するとそうなるのだ。音が、次第になくなっていく。だんだん周囲も見えなくなっていく。

ポーション作りに、俺の全神経を集中させる。


………


やがて治癒ポーションが完成した。

「とりあえず、五本」

俺はビンに詰めたポーションを三人の前に並べる。一本は、品質測定用のサンプルとして取っておく。

「ラベルありますか?」

「…………」

サフィさんは、なんだか呆気《あっけ》に取られている。

「えっと、最低限のレベルは満たしてますかね……?」

「言うまでもないね。ぼくだってポーションや魔法道具の専門家だ。見ただけで、だいたいの品質はわかる」

ということは、ひとまずは追い出されないということか?

「クリムレット卿」

「うん?」

「面白いね、この子」

「ふふん、そうだろう」

なんだかよくわからないけど、二人は笑い合っている。

「わたしが見つけたんですよ！」

メリアは自慢げに胸を張っている。河原で見つけたかわいい石くらいのニュアンスかな？

「えっと、面白くなっているところ申し訳ないですが」

俺は誤解されないように三人に告げた。

「普段作っていた通りに作ったので、品質は低いかと」

特に気合も入れず、隊にいたころと同じように作った。

「今まで、俺なりに作り方を工夫したり、なるべく質のいい魔力を流そうとしたりしたんですが……どんなにがんばっても、低品質のものしか作れないんです。だから、これも同じかと」

実際に実力を見てもらったほうが早い。俺は隊舎から持ってきた鑑定器を出すと、品質測定用に作ったポーションを鑑定器の器に垂《た》らした。

「この通りです」

鑑定器に連結していた十個の魔法石が反応したが、十個中三個しか光らない。

「十段階中の三段階は『低品質』。低級の治癒ポーションです。俺には才能がなくて、いくらがんばって改良しても三個しか光りません」

「…………」

クリムレット卿は俺が持ってきた鑑定器を見つめる。

「それは、おかしなことだね。見せてみて」

それから、クリムレット卿は鑑定器を持ち上げて、至近距離で連結している魔法石を凝視《ぎょうし》する。

ルーペを出して、さらに見る。

「これ、壊れてるね」

クリムレット卿は一人納得してルーペから目を離した。

「十個中、七個に微細だがヒビが入っている。これじゃあ光らないよ」

ルーペを渡されてよく見てみると、たしかにかなりわかりにくい部分だが、七個の魔法石にヒビが入っているのを見つけた。

「気づかなかったです……」

じゃあ俺はいつも三段階が限界の鑑定器でポーションを測定していたのか？

「ちゃんとしたやつで測りなおそう」

クリムレット卿は腰に付けていた収納の魔法石を発動させると、魔法陣の中から測定器を取り出す。

台座の木材の材質や魔法石を連結する金属の装飾から、職人が丹精《たんせい》こめて作ったものだとわかる。

「これは私が普段使っている鑑定器だ。今度はこちらで試してみるよ」

「いや、鑑定器が壊れていたのはわかりましたが、だからといって俺のポーションが高品質である証拠にはならない。鑑定しても無駄だと思いますよ」

「そんなのはやってみないとわからないだろう」

言いながら、クリムレット卿は有無を言わさず測定器に俺のポーションを一滴垂らした。

瞬間、魔法石が薄青色の澄んだ光を発した。

連結された魔法石から放たれたまばゆい光。魔法石は十個すべて光っていた。

十段階中十段階――『最上級品質』。

「そりゃそうだよね」

サフィさんはそれを見て微笑した。

「わたしが最初に目を付けたんですよ！」

メリアが胸を張っている。

品質のいいポーションはあらゆる傷を治癒し、致命傷をふさぎ、欠損した部分でさえ再生させる。命があればいくらでも戦線復帰が可能なので、不死身の兵団も作れる。最上級品質となれば市場でも高値で取引される高級品だ。

「誰が低品質なんて言い出したんだい？　鑑定器が壊れていたことに誰も気づかなかったのはなぜだい？」

「…………」

「隊を追い出されたというなら、君の才能を妬《ねた》んだ誰かが、君をはめたんじゃないか？」

一瞬同僚のシンのことを思い浮かべる。いや、でも、まさか、そんなはずはないと思いなおす。

「これが本来の実力だということだろう。君は自分の実力をちゃんと認識するべきだね」

そういう認識になるのか。にわかには信じられん。

「ということで、サフィちゃんには先輩として、ロッドくんにいろいろ教えてほしい」

クリムレット卿は改めて言った。

「彼には、日に五十本、治癒ポーションを生産してもらおうと思っている。それ以外の業務は任せるよ」

「え……？」

俺は耳を疑った。治癒ポーションを一日に五十本生産すると言ったのだろうか？

「ちょっと待って！　こんな品質のポーションを日に五十!?」

サフィさんが驚いて言った。

「なんだい？」

「クリムレット卿だって知っているでしょ？　ポーションは品質がよくなればよくなるほど、魔力を使うし、生産が難しくなる。低品質ならまだしも、こんな高品質なものを五十本なんて生産できるわけないじゃん！」

「まあ、できるところまででいいんだよ。あくまで目標ってことで」

「それなら、まあ、日々の生産量を見て調整すればいいのか……」

聞き間違いだろうか。いや、たぶん聞き間違いだ。

——日に五十本なんて、少なすぎる。それくらいの量なら午前中で終わってしまう。

五百本の間違いだろう。五百本なら、調子のいいときに睡眠時間を削ればギリギリ仕上げられる量だ。隊にいたころも、忙しいときはそれくらい作っていたし、いつもは日に二百から三百がノルマだった。

「たしかに、徹夜《てつや》しないと間に合わないかもしれないです。五百本でいいんですよね」

「へえっ!?」

変な声を出すサフィさんを横目に俺は再びポーション作りの準備をする。時間がない。すぐに続きに取り掛かろう。

試しなので五本にしたが、がんばれば一度に十本は作れる。

「明日の朝までには終わらせてみせます！　追加があれば言ってください！」

仕事初日だ。気合を入れよう！

「いや五十！　五十でいいから！」

はりきって腕まくりをしたらサフィさんに止められた。

「やる気があるのはいいけど、生産は明日からでいいよ」

俺の肩を気さくにポンポン叩くクリムレット卿。それから笑顔で、魔法石を一つ渡してくれた。

「これは？」

「臣下の証《あかし》ってところだね」

魔法石に魔力を込めると、クリムレット家の紋章が中空に現れる。二本のレイピアと丸い形で短剣に絡みついた樹木の枝葉が入ったデザインだ。

「今、君の魔力をその魔法石に記録した。もうほかの者には発動できなくなったので、これはそのまま、君の身分の証になる。そしてこれを受け取ったからには、君は私の臣下だ。いいね？」

「……はい」

「うちは年功序列じゃなく実力で評価する方針でね。領邦の発展に貢献すれば功績が上がって、臣下としての地位も褒賞も上がる」

「なるほど」

俺には縁がないかもしれないが、ちゃんとがんばりを評価してくれるらしい。

「つまり、君も功績次第で自分の工房を持てるってことだ」

「工房？　俺専用の薬術工房が？」

「そういうことだ」

魔法使いにとって、自分の工房を持つことはあこがれだ。だが、たいていは金銭の問題が付いて回る。

貴族でもなんでもない平民以下の俺なんかでも、そんな夢が持てるなんて。いや、実現できる気がしないけど……

でも妄想《もうそう》するだけならタダだ。俺専用の工房……ポーションの研究がはかどりそうだ。

「君には期待しているんだよ」

クリムレット卿は、そう言って笑った。俺は一瞬言葉を失った。

そんなのは、口ではなんとでも言える。でも、何も期待していないと面と向かって吐き捨てられるよりは、少しは気が楽だった。

「自分の工房を持つまでは、うちの館の隊舎で寝泊まりね」

「いや、ちょっと待って」

とサフィさん。

「ぼくが預かっていいんでしょ？　だったら、ここで寝泊まりさせるよ。面白そうだから」

サフィさんが提案し、クリムレット卿も、

「わかったよ。じゃ、よろしく」

二つ返事でうなずいた。

「……へっ？」

この工房で寝泊まりだと？

第二章　いい仕事は調査から始まる……はず

次の日。

朝が来て、俺はソファから起き上がった。

「…………」

工房内は、壁と化した本棚に囲まれている。

エルフにしか理解できないような難解なすごい魔法書だと思ったら、普通に薬学の本とか魔法道具の作り方の本とか一般に出回っている魔法書とかで安心した。

むしろ最高だ。俺だって読める資料がたくさんあるのだ。

「すう……すう……」

そして奥のベッドで、金髪エルフの少女が寝息を立てていた。

メガネを取っているサフィさんも非常に可憐《かれん》で、つい頬っぺたをぷにぷにしたくなってくる。

しかしいかん。やめるんだ俺。先輩にそれはさすがに怒られる。

葛藤《かっとう》していると、サフィさんは目を開けた。

「おはよー、ロッドくん」

「おはようございます、サフィさん」

「朝ごはん作ってー」

開口一番それ？

「はあ、いいですが」

「このへんね、木の実とかいっぱい取れるの」

「取ってきます」

「ちがうちがう！」

すぐに工房を出ていこうとした俺をサフィさんは止めた。

「今から取ってこいって意味じゃなくて」

サフィさんは収納の魔法石から食材を取り出した。木の実のほか、野菜や肉やパンや果物が工房のテーブルに並べられる。

「材料はあるから、これで朝食作ってよ」

「いいんですか？」

やさしい……騎士団だったら間違いなく素材を取りに行かされている。

「ふふふ、君の実力、再び見せてもらうよ」

いや、料理で？

「わ、わかりました」

隊舎にいたときは食堂が閉まる時間まで働いていたから、自炊《じすい》はそれなりにしてきている。といっても、時間がなかったから凝《こ》った料理よりはスピード料理のほうが得意だ。

俺は蒸したじゃがいもと葉ものでサラダを作り、果物を切って皿に盛った。

簡単なマッシュポテトと、トマトやレタスを使ったサラダの盛り合せだ。柑橘《かんきつ》類とハーブを使って、塩分控《ひか》えめで酸味《さんみ》のあるドレッシングも作った。デザートはただ果物を切っただけだ。

エルフは薄味のほうが好みだと聞いたことがあるから、素材の味を活かしたものにした。パンはいるかどうか聞いたが、いらないと言われたので戻した。

テーブルに並べられていく料理を見て、サフィさんはうなずいた。

「おおーやるね！」

「どうも」

どうやら気に入ってくれたらしい。サラダも果物もむしゃむしゃ食べてくれた。

「この果物がいいね」

「切っただけですけどね」

「サラダに合わせて、口当たりの爽《さわ》やかなものを選んだでしょ？」

「……ええ、まあ」

よく見てるな。

「チョイスがいい。肉を使わなかったのもいいね」

「もしかして自分の好みに合うものを選んで作れるかどうか見てました？」

「どうかな？　ただ、味も含めて花丸をあげよう」

「ありがとうございます」

気に入ってもらえてよかったが……もしかしてここに住みこみさせるって、家事をやれって意味だったのか？

「じゃ、朝ごはんが終わったら仕事するよー」

「了解です」

いよいよ仕事である。

朝ごはんを食べ終わると、サフィさんは白衣を羽織って、メモを見た。

「クリムレット卿から今日やってほしいことのメモをもらってるから一緒にやっていこー」

「はい。よろしくお願いします」

「まず、ノルマの治癒ポーションを五十。たぶん最初はきついと思うから、休み休みやっていって」

「わかりました。午前中には終わらせます」

「ゆっくりでいいって！　無理しないでいいよ」

無理、ではないんだけど。

俺がすぐに治癒ポーションを規定量作ると、椅子に座っていたサフィさんは脱力していた。

「嘘《うそ》でしょ……？　マジで一人で五十作ったよ。しかもまだお昼前だよ」

ケースに五十本、品質確認のためのサンプルが一本。一本の不備もなく完成する。でも五十本がノルマでいいのかな？　やっぱり少なすぎないか？

「あとは、どんな指令が？」

「え？　あ、うん……」

サフィさんは放心しながら、メモを確認する。

「ではクリムレット卿から最後の指令」

もう最後なの？

「『フーリアンを自由に見て回ってほしい』とのこと」

「……それは仕事に入るんですか？」

「臣下にしたやつには恒例《こうれい》の指示なんだよね。『そのあとはサフィちゃんに任せる』とも書いてある。仕事と思わずに、里を自由に見て回ってきなよ。あ、王都と違って気軽に行けるエッチなお店はないからね」

「はあ、まあ行きませんけど」

なんか、そんなんで仕事をやったことにしていいのかって感じだけど……サフィさんも行けと言っているから研修の一環なのかもしれない。

俺は後片付けをして、外出の準備をする。

「では行ってきます」

「いってら」

それから、サフィさんの工房を出た。

辺境伯領は、いくつかの村で構成されており、人口五千人ほどにもなる。一番規模が大きい村が、ここフーリァンである。

周囲には広大な自然と畑が広がっている。人が住んでいる場所より畑のほうが大きい。緑がいっぱいで、空気がとてもおいしい。遠くにはおどろおどろしい山脈もある。

「いいところだなあ。活気はあるし、それでいておだやかで」

「そうでしょう」

独り言を言ったら、返事があった。

隣には、メリアが護衛も付けずにいる。青い髪が日の光に透《す》けているさまはとても優美だけど、顔はとっても得意げなので、やはり大人の気品みたいなのは足りていない。

「あの、メリア様、なんでいるんです?」

「敬語は不要です!」

叱られた。なんか申し訳ないけど、そう言われたら仕方ない。

「なんでいるの?　メリア」

「あなたはわたしの臣下なんですから、わたしがそばにいてもなんら不自然ではないでしょう」

答えになってないような。あと俺は君のお父さんの臣下になったんだけど。

「こう見えて俺、仕事中なんだよ」

「手伝ってさしあげます！」

うーん、村の中を俺とぶらぶらしていていいのかって思うけど、でも領主の娘さんだから無下《むげ》に断ることもできないな。

「今からフーリァンを歩いて回るんだけど」

「行きましょう」

メリアは俺の手を引いて、先に歩き始める。わかりました。これは断ってもついてこられるやつだと悟《さと》ったよ。

メリアと手をつなぎながら村の中を見て回った。

村の周囲は簡易な柵《さく》で囲まれていて、村の中心にはクリムレット卿が住む居館がある。

王都と違うのは、なんといっても緑の多さと、自然と共存しているように感じられること。

そしてエルフやドワーフ、獣人を見かけるのもそうだし、彼らが近くに一緒にいても争いが起こっていないこともだ。

「……少し村の外に出てもいい？」

「いいですよ。外には川が流れてたりたくさんの畑があったりするんですよ。でも、森の奥は行ってはだめです」

「行かないよ。大丈夫」

答えてから、言い方が気になった。森の奥？　……まあいい。森にはモンスターがいそうなので
やめておこう。

柵の外に出ると、すぐに広大な畑が広がる。野菜各種に、麦、果樹園や、少し遠くには牧場も
あった。目の前の青々とした芋畑《いもばたけ》で、農家のおじさんが雑草取りをしている。

「豊かだね」

「領民さんたちの努力のたまものです」

満足そうにメリアはうなずいた。

「おや、メリアちゃんじゃないかい」

芋畑にいた農家のおじさんが俺たちに話しかけてくる。

「サーヴァインさん、こんにちは」

「新しくお兄ちゃんでもできたのかい？」

いやその解釈はおかしいだろ。

「ロッドさんはわたしの臣下になりました！」

メリアは自慢げに俺の腕に自分の腕をからませる。

「ほおー臣下かい。ついにメリアちゃんも家来を持つようになったんだねえ」

「はい！」

農家のおじさん、いつもこんなノリなんだ。

「どうも……」

否定するのもどうかと思うので、俺は控えめに挨拶だけしておく。

「今年の収穫量はどうですか？」

「期待できるよ。ま、土地柄なのか、実りの少ないところはあるみたいだけどねえ」

農家のおじさんは俺たちに手を振ってから畑仕事を再開する。

俺たちも再び歩き始める。

「ちなみに兵力はどれくらい？」

「二百人ほどです」

とメリア。おお、ちゃんと答えられるんだ。えらい。

「常備軍はそれくらいなんだ。有事の際には領民が兵力に加わる感じかな」

「はい。あとエルフや獣人たちの里に応援を要請します」

「すごいな。一致団結するんだ」

「ここはそういう場所ですから。ゴブリンやオークなどの蛮族《ばんぞく》もなりをひそめてます」

だからこそ、平穏を保っていられるのか。ほかの隣接する国もエルフやドワーフたちを敵に回すのは避けたいだろうしな。

そのまま街道を歩く。

交易もしているので、たまに旅の行商人も通るみたいだ。

「！」

草むらの隙間《すきま》を見たメリアは表情を変えた。

「ロッドさん！」

つないでいた手を離して、そこに駆け寄る。

俺もついていくと、そこには白い毛玉が血まみれで倒れていた。

「猫？　なんだかわからない……でもひどい怪我だ」

わさわさした白い毛並みの動物だった。猫っぽい耳がついているし、しっぽもある。

それと、額に一本の角が生《は》えている。猫っぽいが、明らかに違う。俺の知らないモンスターだろうか。ほかのモンスターにやられたのか、腹に深い傷があり、そこから血が流れている。

毛玉の少し先から、ガサガサと音がする。

「！」

見ると、大型のクモのような虫のモンスターがこちらに接近してきていた。

「この毛玉を追ってきたのか……！」

俺は毛玉とメリアをかばうように前に出る。

「ロッドさん、戦えるんですか!?」

「いや、無理」

「無理なんですか⁉」

隊にいたといっても戦闘員ではなかったのだ。俺に戦闘はできない。けど……

俺は《火》の魔法石を取り出し、魔力を込める。魔法石が光り、掲げた手から魔法陣が展開される。

「追い払うことはできるかもしれない！」

飛び掛かってくる大型のクモ。それに合わせるように、俺は魔法陣から炎を放つ。

「――ッ！」

炎は大型のクモを包むと、逃げるいとまもなく燃焼させる。大型のクモは灰になって動かなくなった。魔法の火が消えて煙《けむり》がくすぶる。倒せたのか。よかった。

周囲を見回して、ほかに敵がいないことを確認。

「メリア、大丈夫だった？」

俺はメリアのほうに向きなおった。

「ロッドさん、どうしましょう？」

「…………」

「わたしは平気ですが、この子が……」

毛玉は、もう死にかけていた。

「こ、呼吸がだんだん弱くなっていきます！」

メリアは切なそうな顔で俺を見上げる。

「待って」

俺は収納の魔法石からポーションを取り出した。俺のポーションで治るかどうかわからないが、やってみるしかない。

もしこいつがモンスターで、治った瞬間襲ってきたらそのときはそのときだ。

俺はポーションを白い毛玉に飲ませた。魔法の光が傷口に達し、出血が止まって傷がふさがっていく。

白い毛玉はしばらくすると完全に回復し、目を覚ました。

「元気になりました！」

「うん、よかった」

しかしいったいこれはなんの生き物だ？

額にあるのはやはり角だ。だがそのほかは猫に近い。白くてふわふわした毛の量はけっこう多い。

「ニァー」

「鳴きました！」

「鳴き方は猫っぽい！」

でもなんかちょっと知ってるのと違う。

いきなり襲ってこないのは助かった。猫らしき毛玉は俺のほうに寄ってくると、足に体をすりすりする。

「懐《なつ》かれましたね」

「そうみたい」

「かわいいです」

メリアはとろけそうな顔で猫らしき毛玉をなでる。

「この角、なんなんだろう？」

「うーん、やっぱりモンスターなんですかね？」

「それにしては人懐っこいね」

「人懐っこいモンスターがいてもふしぎじゃありません」

「まあそうだけど」

遠い北の地方の話だが、巨大なモンスターを手なずけ、戦争に利用している国もあると聞いたことがある。

体内に魔力を持ち、基本的に人間を襲うのがモンスターだけど、人懐っこいやつも、いなくはないのかもしれない。

「お母さんとかはいないんでしょうか？」

「この子が深手を負って倒れていたのを考えると、どうなんだろうね」

俺はすり寄ってくる猫らしき毛玉を持ち上げる。

「女の子だね」

俺がしっぽを持ち上げて確認すると、ばたばたと暴れ出した。

「ニアちゃんと名付けます！」

メリアは高らかに宣言する。

「ニァー」

そのままだった。


夕方になったので、俺とメリアは工房に帰ってきた。

「おつかれさん。お嬢も一緒なのね」

「はい！　猫ちゃんを拾いました！」

本を読んでいたサフィさんは俺が抱えている猫らしき毛玉——ニアを見て首を傾《かし》げた。

「角の生えた猫なんているの？」

「いや、見たことないですけど」

少なくともエルフ界隈《かいわい》の常識でも角の生えた猫はいないらしい。

「なんか懐いたので連れて帰ってきたんですが、これモンスターですか？」

「うーん。見た感じツノウサギの亜種っぽいね。モンスターだと思うんだけど……」

「ニァー」

「あ、いや……猫……かな……」

鳴き声を聞いたサフィさんは自信なさげに答える。

「猫ですか、やっぱり」

「猫的な……何かかな……」

「見たことないですよ、こんな猫」

「ぼくもだよ。でも——」

サフィさんはニアの角に指で軽く触れる。

「この角から強い魔力を感じるね。うん、やっぱりモンスターかも」

「ニアと名付けましたのでもうお友達です。モンスターかどうかは関係ないです」

メリアが胸を張って反論すると、サフィさんはうなずいた。

「まあ、いいんじゃない？　敵意はなさそうだし。でもお世話は誰がやるの？」

「ロッドさんです！」

あ、俺なんだ……

「がんばります」

まあ、領主のいる屋敷でモンスターを飼うわけにはいかないしな。必然的にこの工房にいてもらうことになるよな。

猫用の餌《えさ》ってどう作ったらいいんだ……？　いや、そもそも猫用の餌でいいのか？

「とりあえず汚いので風呂にでも入れますか」

「そうだね。そうして」

「お風呂ならわたしも入ります！　お風呂大好きなので！」

「いや、俺がニアを洗うからメリアに入ってこられると困るんだけど……」

洗われることを察したらしいニアは、いきなりバタバタと暴れ出していた。

しばらくして……俺によって洗って乾かされたニアは、さらに毛並みが軽くなめらかになっていた。

「ふあふあ！　ふあふあです！」

テンション爆上げのメリアは、ニアを抱きしめてほおずりしている。

たしかに野良猫らしからぬフワフワに仕上がり、ニアもどこか満足げだ。

「それは……よかった……」

俺はというと、暴れるニアと格闘しながら洗ったおかげで疲れていた。あれ？　俺……仕事してるんだよな？

仕事といえるかどうか微妙だけれど、メリアもサフィさんも喜んでいるのでよしとするか。

俺が朝起きると、すでにサフィさんは起きていた。

ニアは俺のわきの下で寝息を立てている。

「早いですね、サフィさん」

背伸びをしながら、あくび混じりに近づいていく。

「……ん」

サフィさんは心ここにあらずといった様子で本を読みふけっていた。

「やっぱりサフィさんはすごいですね。こんな立派な工房を持ってるのに、勉強をかかさないし」

見習わないとな。俺も空き時間で研究を続けていこう。

クソぼろいと副隊長に言われて持っていかされた俺の研究ノートは、収納の魔法石にすべて入っている。

「ロッドくん、おはよう」

やっと俺が起きたことに気づいたらしい。

「おはようございます。ちなみになんの研究なんですか？」

「う〜ん、これはぼくの研究というより、領民からの依頼なんだよ」

「どんな依頼です？」

「うちの領は畑でいろんな作物を育ててるんだけど」

「そういえばありますね。広大なのがところどころに。昨日見てきましたよ」

「地域によって作物の生産量に差が出ていてね、魔法でどうにかできないかって」

そういえば、昨日農家のおじさんも同じようなことを言っていたな。あまり作物が実らない地域があるのだろうか。

「土地柄なら差が出るのは仕方ないと思うんだけど……村によっては食糧難になる年もあるらしくてね」

作物の生産量を魔法で増加できないかってことか。

「……作物って魔法で育つんですか？」

「それがわからないから今資料をあさってる。できそうだけどぼくの分野じゃないんだよね。人に効く薬は作れても作物に効く薬は作ったことないの、ぼく」

「たしかに微妙に違いますね」

魔法使いにとっては、あまり関心のない方面なのかもしれない。そう思いながら、ふと部屋の隅に佇《たたず》むゴーレムを見る。

「でもあのゴーレムみたいなのを作れるんなら、いろいろ応用利《き》きそうじゃないですか」

「あー、あれぼくが作ったんじゃないよ」

「違うんですか？」

「今ちょっと旅に出てるんだけど、この工房にはもう一人、人員がいるんだ。役に立つのか立たないのかよくわからない魔法道具を作るやつがね。そいつが作ったの」

「そうなんですか」

「あのゴーレムの後ろに、もう一つ部屋があるんだよ。扉はゴーレムがふさいでいるからわかりにくいんだけど。そこがそいつの部屋」

サフィさんはゴーレムのほうを指差した。

ニアが起きてきて俺の足にすりよってくる。よしよし。しゃがんでニアの頭をなでると、ニアは俺の膝に前脚をついて、おなかにちっちゃい角を押し付けてぐりぐりとする。

どうやらおなかを角でぐりぐりするのがニアの愛情表現らしい。内臓をえぐる練習のような気がしなくもないが、本気じゃないしじゃれているようなものだろう。きっとそう。

ニアはひとしきり俺のおなかをぐりぐりすると、肩の上に載ってくる。それから俺と同じように、ゴーレムに目を向ける。たしかによく見るとゴーレムが寄りかかるようにして、ドアのようなものがあった。

「まあ帰ってきたら紹介するよ」

「はい」

「とりあえず、取り掛かるのは目の前の課題だ」

「魔法で作物を実らせる方法ですか」

「そういうこと」

俺が横からサフィさんの読んでいる資料を覗《のぞ》き込むと、サフィさんは妙案《みょうあん》をひらめいたように目を見開いた。

「あっ、ふーん、そうか。君はぼくの弟子だった」

「あ、はい、そういうことになるんですかね」

「我が弟子に命じる」

なんでいきなり偉そうな口調に？

「見事この問題を解決してみせなさい」

「いや、俺がですか!?」

「これも仕事のうちだよ。まずは調査からよろしく」

「うぐっ……」

俺はうなずいた。いいように押し付けられた気がするけど、仕事と言われちゃ、がんばるしかないよな。俺にできるかどうかは別として。


これまで工房から一歩も出ずにポーションを作り続けていた身からすると、調査というのは少し新鮮だ。今までは、決められたレシピから指定されたポーションを指定された量作ってきただけだ。状況に合わせて解決法を探っていくのは初めての経験だった。

俺は外にある広大な農耕地帯に足を運んでいた。村の周りには畑がたくさんあるが、その一つで、調査対象の地域だ。

周りは山。一見して特に問題はないように思える。

「実りの少ない地域か……モンスターにでも荒らされてるのかな」

「それはどの場所でもある程度ありますね」

俺の独り言に、隣にいたメリアが答えた。

「……なんでまたいるの？」

メリアは、今日は前のほうがボタンで留まっているかわいらしいワンピースを着ている。スカートで畑に入るのもちょっとどうかと思うけど、それよりなんでまたいるの。暇《ひま》なのかな？

「逆に、どうしてわたしの臣下なのにわたしの隣にいないんですか。わざわざわたしが会いに来ないといけないいじゃないですか」

「了解です。失礼しました」

俺は苦笑した。メリアはとても堂々としていた。とにかく領邦の問題に関わっていたいのだろう。いつか領主になったときのために、俺の仕事を見学するのは彼女の仕事でもあるのかもしれない。

「仕事するなら、わたしの隣でしてください」

「善処するよ」

ニアは俺の肩から下りてきて、ふんふん土のにおいをかいでいる。

「このへんの畑って、手入れしてないわけじゃないよね」

「ええ、ちゃんと手入れしても変わらなくって……昔からそうみたいですね」

「となると、やっぱり土壌かな」

俺が言うと、ニアは短くニァーと鳴いた。

「ニアもそうだと言ってます」

それ本当？

「まあ地域差でそういうのはどうしても出てくるよなあ」

「ですけど収穫量を増やせれば領邦の収入は増えます」

「よくそこまで考えられるね。えらい……でもモンスターに汚染されたとかでなければ、たとえば肥料を多めに撒《ま》くとかすればいいんじゃないかなあ。自然物に対して俺たちにできることって限られてる気がするよ」

ニアは何か俺に抗議するような目を向けて鳴く。

「ニエー」

それ何？　否定形？

「じゃあそれをサフィさんに報告して終わりにしますか？」

「……そう言われると、良い方法を模索《もさく》したくなるね」

そもそもそういう結論は、サフィさんも当然考えているはずだ。

彼女が期待しているのは、その先の結果だ。俺にこの仕事を託《たく》した意義は、そこにある。

俺の腕の見せ所というやつだ。どうせ見せるなら、良い所を見せたいよな。

「……そういえば、俺が王都の隊にいたときは一人も友達いなかったんだけどさ。嫌われてたから」

「悲しいですね」

「唯一知り合いと言えたのが、城の庭師のおじさんだったんだ」

「それは素敵ですね！」

「いつだったか、世間話で『植物に栄養をあげるポーションがあったらいいよなあ、ガハハ』みたいなこと言っていて、そんなことできるのかと思っていろいろ理論を考えたことがあったんだけど……」

俺は収納の魔法石から研究ノートを取り出した。ぱらぱらとページをめくる。

たどり着いたページには、植物に栄養を与えるポーションの理論がメモ程度に書かれている。

「栄養に加えて、成長を促す作用が作れればと思ったんだけど……」

「だめなんですか？」

「あまりに生命力を強くすると、周囲の生態系が変わってしまうおそれがある。それが原因で土壌が死んでしまうリスクもある。用心するにこしたことはないね」

「魔法で品種改良することはできるんですか？」

「うーん、よしんばできたとして、種を盗んでほかでも生産される可能性もあるわけで、それも問題だよね」

「……でも、豊作なのはいいことなんじゃないんですか？」

「簡単にいい作物が大量に取れると、自分たちで消費する分にはいいんだけど、売るとなると単価が下がって、結果的に儲《もう》からない可能性も出てくる。同じ農作物を作っているほかの領邦の人たちも困る……かといって一時的に農作物を強化するだけだといちいち手間と時間がかかる。強化ポーションの生産と合わせて採算が取れるかどうかも重要だし、そもそも人が食べるものだから人体への影響も考慮しないとだし……」

俺は集中して、ぶつぶつと独り言のようにつぶやく。

「難しいんですね」

「そうだね」

農作物を魔法でいじるとなると、バランスを取るのが非常に難しい。

「でも、植物のほうではなく土壌のほうを改善するポーションなら、それは解決できるかもしれない」

植物に作用させるのは難しい。なら、土壌環境の改善を促すものができれば、経済・生態系ともに影響が出すぎないのでは？

……うん、たぶん、いける。

まずは作物の収穫量の一番多い土地の土壌と、収穫量の一番少ない土地の土壌、両方のサンプルを採取しよう。で、収穫量の多い土地の土壌へ環境を似せるポーションを作って畑に撒いていけば、生態系への影響を最小限に抑えつつ植物は育ちやすくなるはずだ。

そこの土壌にぴったり合ったすごくいい肥料を作るイメージ。理論の大本はできている。あとはサンプルの分析と、それに合わせた理論の改良。そして試作品の作製。

「ではやってみてください！」

自信満々のメリアは俺に言う。

「了解！」

俺は微笑してうなずいた。

サンプルを採取し、工房へ戻る。そしてサフィさんから関連本と鑑定器を借りてきて、研究に打ち込む。


……また集中で周りが見えなくなり、理論と『土壌強化ポーション』の試作品が完成するころには、一週間が経《た》ってしまっていた。

研究結果をサフィさんに見てもらう。

「うん、いいと思う。クリムレット卿に許可取ったら、さっそくやってみよう」

「ありがとうございます」

「さっそくお父様に報告しますね！」

と、メリアは理論を書いた紙束《かみたば》とポーションの試作品を受け取った。

「見事だねー。ぼくが手伝うまでもなかった」

「……もしかしてもう答え出てました？」

「方向性までだよ」

サフィさん、なかなか食えない人だな。

「でもさ、よく土壌のほうを改善させるっていう発想ができたね」

「似たような理論は、騎士団の大隊にいたときに片手間で研究していたんです」

ありがとう、庭師のおじさん……

「忙しかったみたいだけど、そんな暇あったんだ」

「いえ、睡眠時間を削っていたんですけど、結果的にそんな暇なくて」

「悲しいなあ」

「土壌強化は理論を考えるだけで終わっていました」

「今回それがヒントになったわけだからよかったじゃん」

「そうですね」

「……今までどんなポーションの研究してたの？」

言われて、俺は苦笑した。

「隊が指定したポーションの生産がほとんどだったので、研究は趣味でしかやってなかったです。

ノルマが大変で」

「そうなんだ」

「満足な設備も使わせてもらえないから、ちゃんと改良できず試作しただけでそのままにしているのがけっこうあるんですよね」

俺は収納の魔法石から研究ノートを取り出す。それに、今まで試作したポーションの数々も。

「いっぱい勉強してんじゃん」

「どれも、完成には至ってないんです」

理論や調合を考える時間は、作れないわけではなかった。けれど、改良したり試したりなどの試《し》行錯誤《こうさくご》する時間があまりとれず、試作して、自分で飲んで試して、結果を記録して、しかしそれだけだった。強化ポーションの試作品は、どれも欠陥品《けっかんひん》だった。副作用が強く、それを改善することが、俺の力ではできなかった。

そうやって完成できずにそのままになっていたものがほとんど。俺は、中途半端だった。失敗と成功を繰り返し、納得のいくところまで改良する能力も、そのための時間もなかったんだ。

「今まで、ずっとそうだったんです。終わらせることができずに、半端なまま新しいものを試しては失敗していた」

土壌強化ポーションの理論も、その一つだ。結局、サフィさんの工房に来るまでは、理論を考えるだけで終わっていた。

俺は研究ノートや、試作しただけの未完成品であるたくさんの強化ポーションを見下ろす。

今まで積み上げてきた失敗の数々。それは、成功に至らなければただの失敗でしかない。

「でも、失敗しても挑戦することはやめなかった？」

サフィさんは俺の研究ノートの中身を眺めながら言った。人に見せるのは、少し恥ずかしい。

「好きですからね、研究するの。作りたいものもある。でも、失敗は経験を生むけど、結果は生まない。結局、成功しなければ認められない。俺の失敗は、無駄でしかないんです」

「今回は違う。でしょ？」

「そうですかね……？」

「今回、君は過去の失敗があったから、一つの答えにたどり着けたし、それによってちゃんとこうして結果を出した。十分評価に値するよ」

「今まで積み上げてきた失敗があったからできたってことですか？」

「そういうこと。今まで生み出した失敗作も、いずれ完成させたかったから研究ノートを捨てずに取っておいてるんじゃないの？」

「………」

俺は、今まで積み上げてきた失敗の数々を眺める。そうだ。俺は、いつだって自分の失敗から、改良の余地を探していた。

「今まで君がしてきた悔しい思いは、経験となって生きている。それが実を結ぶときがいつかなんてわからないしすべて報われるとは思わないけど、それを認めてくれる人がいたから、君はここでこうしているんじゃないかな」

「クリムレット卿には、頭が上がりません」

俺が言うと、サフィさんは微笑した。

「そうだね。でもこれからは時間がたくさんあると思うから、今までの経験が活かせると思うよ。胸を張りなよ。君はもうクリムレット辺境伯お抱えの魔法薬術師なんだから」

「……そこまでの自信は、まだ持てないです」

「もー！　そこは『はい！』でいいんだよ」

自分の工房を持てるまで、やっていけるだろうか、俺は。

そう思っていると、何かふわふわした感じが頭を包む。見ると、ご機嫌なメリアが背伸びをして俺の頭をなでなでしていた。

「メリア？」

「ご褒美です！」

いや子どもじゃないんだから。

「なるほど。それはいいね。今回の件、何も褒賞がないのも寂《さび》しいしね」

サフィさんも面白がって俺の頭をなで始める。さすがにこれは恥ずかしすぎる。

「いや、その、仕事だし、そこまで褒められることとしてない……」

「いいこいいこ！」

「よしよし～」

「やめて恥ずかしいから！」

二人は聞いていなかった。

第三章　オジサン参上

王都周辺を守る砦《とりで》の一つ、デルフィウス砦。

王都より派遣され、護衛を任された王国騎士団第十五番大隊は、現在壊滅《かいめつ》状態にあった。

突然やってきたオークの大軍に、砦が陥落《かんらく》しそうになっていたのだ。

「だめだ！　数が多すぎる！　ポーションの回復が追いつかねえ！」

自ら前線で戦っていた隊長はすでに戦死しており、隊長に代わって指揮を執《と》っていた副隊長のゾルトは、刻々と後退していく防衛線に絶望していた。

すでにオークたちは、砦の内部にも入り込んでいた。

「なんで、こんな効かねえんだ！　いつものポーションと全然違う！」

砦内でバリケードを張りながら、ゾルトは次々に殺されていく仲間を見て叫んだ。

今までは、ポーションを飲めばどんな怪我でもたちどころに治っていた。

なのに今はどうだ。

いくら飲んでも、自然治癒より少しマシ程度にしか機能しない。

「いやあああっ！」

オークたちが作る肉壁の向こうで、捕らえられた女魔法使いがオークに押し倒されていた。着ていた服をはがされ、その場でオークたちに犯されている。

男はみんなむごたらしく殺されていた。

「シン！　どうなってやがる！」

副隊長のゾルトはクロスボウでオークたちを牽制《けんせい》しつつ怒鳴った。傍《かたわ》らで負傷兵にポーションを与えていたシンは震える声で答えた。

「すみません、俺、ラベルを――ロッドのポーションと俺のポーションに貼る品質のラベルを入れ替えてて……本当は、品質がいいのは、ロッドのものだったんです。ロッドが確認できないように鑑定器を壊しておいて……俺は適当に作ってロッドのものと自分のものを入れ替えておけば楽ができた……」

シンは自分の作ったポーションを負傷兵に飲ませる。

が、傷の回復は遅く深手には効果がないのがわかり、兵は失望した顔になる。だが品質が低いポーションの効能としては当然の結果と言えるだろう。

シンは品質を考えずにポーションを大量生産していた。

そして品質の測定をするときだけ、質のいいロッドのポーションと自分のポーションをすり替えていた。

ロッドは拾われただけの、本来だったらそこにいないはずの非正規の魔法薬術師だ。対して、自分は正式に入った魔法薬術師。なのにロッドのほうがいい品質のものを作れるなど、ありえないし納得いかない。すべてはシンの嫉妬《しっと》が招いたことであった。

「なんでそんなことしやがった⁉」

「ただあいつが嫌いで、追い出したかっただけなんです。ありもしない噂を流して、隊の嫌われ者にして。こんなことになるなんて思ってなくって……」

「馬鹿野郎が！」

「だって、今までずっと平和だったじゃないですか！」

デルフィウス砦は王都防衛の要所の一つではあったが、もう十年近く攻められていなかった。

ロッドが隊を去り、隊がデルフィウス砦配属になったとき、シンは楽勝だと思った。

適当に見回りをこなしていれば衣食住には困らないうえに給金まで出ると、楽観的になっていた。

そもそもモンスターの討伐任務くらいしかこなしたことのなかった第十五番大隊は、本格的な防衛戦をするのはこれが初めてだった。

戦うことなどないと確信していた矢先の出来事。

ポーションの回復による即時戦線復帰が前提の第十五番大隊において、そのポーションの回復力が著しく低下しているというのは致命的だった。

「おかしいでしょうが！　なんで十年も攻められなかったところが攻められるんですか！」

シンもゾルトもわかっていなかった。十年攻められなかったのは、ただの過去である。十年攻められていなくても、十一年目はわからない。

明確な根拠がなく、今までそうだったからというだけでは、平和が続く保証にはならない。

「そもそも、なんでこんないきなりオークどもが大群で攻めてきてるんだよ。わけがわからねえ。ポーションを横流ししてた十四番隊も壊滅したしよ……」

「もうオークたちはすぐそこまで迫ってますよ！　どうするんですか！」

ちょうど防衛が突破されたところだった。残すは司令部しかない。逃げるための魔法石は用意してあるが、もはや時間がない。

「シン、お前が責任を取れ」

「え？」

ゾルトはシンを司令部の部屋から追い出した。

「時間を稼げ！　俺が逃げるだけの時間をだ！」

「なんで！　ふざけるな！　ここを開けろ！」

「がんばれ」

「いやだあああ！」

鍵をかけ、テーブルをドアの前に置いてバリケード代わりにする。

「おい！　さっさと魔法石を発動しろ！」

「は、はい……」

「早くしろ！　シンの死が無駄になるじゃねえか！」

シンの断末魔《だんまつま》と肉がつぶれていく音をドア越しに聞きながら、ゾルトは近くにいた女魔法使いに怒鳴った。

女魔法使いは帰還の魔法石を手に取ると、魔力を込めようとするが、手が震えてうまくいかない。

移動系の魔法石は魔力の消費が大きく上級者向けだ。戦士のゾルトでは扱えないから魔法使いに頼むしかない。

「さっさとしろ！　次はお前をオークどもに差し出すぞ！　それともここで俺に犯されてえか!?あ!?」

女魔法使いは目に涙を浮かべながら集中しようとするがうまくいかない。

「もたもたするな！」

「……ま、魔法陣が、ひ、光らない。なんで……？」

女魔法使いは混乱状態だった。狼狽《ろうばい》し、ゾルトに圧をかけられているせいで、普段できることができなくなっている。

そうこうしているうちに、バリケードは破られた。ドアが派手に破壊されて砕け散っている。

――同時に、足元で魔法陣が光った。

「発動しましたっ！」

「よし！」

ようやく帰還の魔法石に魔力が灯り、王都へつながる魔法陣が展開された。

「ははっ！　ありがとうよシン！　俺はこのまま逃げさせてもら——え？」

突然、喜ぶゾルトの顔に血しぶきが飛んだ。帰還の魔法石がその場に落ちる。

「なんだ？」

ゾルトがよく見ると、人の体ほどもありそうな巨大な棍棒《こんぼう》が、女魔法使いの頭を砕いてつぶしていた。オークが投擲《とうてき》したものだと気づいたとき、もう何もかも間に合わないと悟った。

「うわあああああああ！」

オークの群れが雪崩のように押し寄せ、ゾルトを呑み込んだ。

‡

俺——ロッドは開発した土壌強化ポーションとその散布装置の状況を見に、畑を訪れていた。

「おっ、いいね。ちゃんと機能しているみたいだ」

畑の周りには、木製の長い柄《え》のついた筒《つつ》のようなものがいくつか地面に刺さっている。

中には《風《ウインド》》の魔法石が搭載《とうさい》されており、一日一回、指定した時間になると自動で発動。筒の中の土壌強化ポーションを霧状《きりじょう》に散布する。

土壌強化ポーションの補充と魔法石に魔力を込める作業は、二週間に一回程度で済む。霧状に広範囲に発射するので散布装置はやたら置く必要はなく、必要魔力も少なく、費用もそれほどかかっていない。予想収穫量をもとに計算しても、しっかり利益が出るはずだ。

「うん、いい感じだ。けど、ちゃんと効果が出るのは次の収穫まで待たないといけないかな」

土壌の改善はゆっくり進んでいく。まあ気長に待つしかない。

「よくやりました。さすがわたしの臣下です」

メリアは俺の服の裾《すそ》を握りながら、土壌強化ポーション散布装置を眺めている。

この子、当たり前のように俺の隣にいるんですけど。やはり護衛とかもいないし。

「メリア」

「いけませんか⁉」

なんか言う前に反論された。

……結果を報告しに、俺たちはサフィさんの工房まで戻る。

「なるほど。結果が確認できるまではまだ時間があるから、改善の余地は残されていると」

「さらなる経過観察が必要ですね。長い目で見ないと」

「エルフ的には短い目だよ。花丸をあげよう」

「……ありがとうございます」

「ところで、君が作った散布装置だけど、《水《ウォーター》》の魔法石も使えば水撒きだって自動化できないかな？」

「できそうですけど、適切な水の量に調整したりするとなると複雑な装置になりますよね。雨の日に稼動させても意味ないし、水のやりすぎは作物を腐らせるリスクがあります。その都度調整する装置となると……」

「予算内だと厳しいか」

「ですね。今のベストだと、これくらいです」

「うんうん、わかったよ」

サフィさんは満足そうにうなずいた。

「その調子で今後も頼むよ」

辺境伯の臣下は一人一人のプロフィールが辺境伯の居館で管理されており、領邦に貢献すれば評価が上がるようになっているらしい……ちゃんと評価してくれるって、それだけでありがたい。

「またご褒美をあげます！」

メリアが得意げに言う。

「いや、それは遠慮しておく」

さすがにあれは恥ずかしくて二度される気にはなれないな。

「よし、じゃあ、報告書も作ったしおやつにでもするかぁ」

サフィさんは伸びをして言った。

「おやつですか？　今？」

「そうだよ？」

そんな馬鹿な。仕事中におやつだと……？　本気なのか？

「なんで愕然《がくぜん》としてるの？」

サフィさんは当たり前じゃん何言ってるのって言いたげな顔だ。

「クリムレット卿に怒られませんかね」

「見られても、むしろクリムレット卿は喜んで仲間に加わってくれるよ」

そうなのか。

「辺境伯の娘であるわたしが命じます。おやつにしましょう」

絶対的な権限そんなところで使っちゃうの。なんてやさしい暴君。

「えっと、じゃあ、クッキーでもどうですか？」

戸惑いながらも、俺は言った。

「ロッドくん焼けんの、クッキーなんて」

「よく作ってましたよ。作業しながら栄養補給ができるので、よくお昼ごはんにしてました」

「悲しいなあ」

「というか、仕事が忙しすぎてまともな食事がとれないかもしれないときのために、常にストックを作ってあります」

俺は収納の魔法石からクッキー生地を取り出した。収納の魔法石の中はある程度保存がきくから、こういうのをあらかじめ作っておくのにも便利だ。

「何その絶望的な予防線。絶対ないよ、そんなこと」

「そうなんですか？　王国騎士団にいたときはけっこうありましたけど……」

「十分に食事の時間が取れないとかおかしくない？　絶対そんなところで働きたくないね」

俺は長いことといたんだけどなあ。

「まあ、じゃあクッキーはまかせる。ぼくは紅茶でも淹《い》れるよ」

サフィさんは手を掲げて魔法陣を展開すると、水を召喚してケトルに入れる。

その過程で、詠唱を一切していないことに気づいた。

「エルフってほとんどの魔法の詠唱を省略できるって聞いてたんですけど、本当なんですね」

人間は基本的に魔法の詠唱を省略できない。代わりに、魔法石があれば魔力を込めるだけで魔法は放てる。

魔法の才能があったり潜在的に持っている魔力が高かったりすれば魔法の詠唱を省略できるが、普通の人間にはそれが難しいので魔法石を使っているのだ。魔法石には、あらかじめ詠唱術式を記録してあるから、魔力を込めるだけで発動可能だ。下級の魔法石なら、一般人にだって使うことができる。

「エルフにとって詠唱省略は基本だね」

「魔法石を使わなくてもいいなんて便利ですね……」

「魔力が高ければ人間でもできるよ。たぶんロッドくんだってできる」

「いや、俺みたいな才能のない人間には無理ですよ」

「ああ、君はそう思ってるの」

いや、無理だろ。

そんなことを話していると、

——バァン！

というすごい音と一緒に、工房のドアが開いた。

「邪魔するぜ」

「！」

入ってきた人を見て、俺は目を丸くした。

それは巨大な片刃の大剣——刀という異国の得物を腰に提《さ》げた、角の生えた赤毛の大男だった。

「鬼人《オーガ》……!?」

突然の来客に、俺は身構えた。

赤い長髪、浅黒い肌の筋肉質な体。額には二本の角。人間なんて簡単にへし折りそうなほどの巨漢。

顔には切られたような傷跡がある。

いきなり工房に入ってきたのは間違いなく鬼人だった。

「――っ！」

俺は立ち上がると、メリアを守るように前に出る。

「なんだ、アララドか。なんの用？」

いつもの緊張感のない声で、サフィさんが鬼人に話しかけた。

「……え？」

「おう、お前んところに新人が入ったって聞いてな。挨拶に来たぜ！」

アララドと呼ばれた鬼人はそう言うと、がっはっはと笑った。

「えっと……」

俺は拍子抜けしてしまった。

「ぷっ、ロッドくんに敵だと思われてやんの」

サフィさんが鬼人をからかう。

「おお、すまんな。見た目が怖いとかモンスターとかよく言われるがこの通りだ」

鬼人は腰につけていた魔法石を俺に見せる。俺がここに来たときクリムレット卿にもらったのと同じものだ。

そして、どうやら二人は知り合いらしい。ということは、この人も……

「オレは鬼人の」

「アララドさんです！」

メリアが遮《さえぎ》るように紹介してくれた。

「ロッドです。すみません、侵入者だと思っちゃいました……」

鬼人もいるのか？　このへんじゃエルフ以上に珍しい人種だ。

「がははは！　大丈夫だ、悪人扱いされるのには慣れてるからな！　何もしてないのに命乞《いのちご》いされたこともあるぞ！」

アラランドさんは握手をしようと手を差し出してきた。

俺の手が赤子に見えるほどの巨大な手だ。着ているものは赤い羽織みたいな異国の民族衣装で、両腕には武骨なブレスレットがはめられている。

俺はその手をとった。体格や見た目はまったく違うが、なんとなく雰囲気や笑い方が知り合いに似ていて、俺は安心した。

「王都から来たんだってな。もうここの生活には慣れたか？」

「ぼちぼちです……本当にすみません。気をつけます」

「まあ細かいことは気にすんな！」

「なんか、アラランドさんを見てると、少し懐かしい感じがします」

「ああ、王都の隊にいたらしいな。そのときのことを思い出すか？」

「はい。庭師のおじさんを思い出します」

「なんでだよ！」

庭師のおじさんもよく笑う明るいおじさんだったからな。いい人そうで良かった。

「まあいい。サフィ、すまんが急ぎでポーションの都合をつけてくれねえか？」

アララドさんは言った。

「どうしたの？」

「北の村周辺にモンスターが出たっていうからよ。ちょっと討伐しに行くのよ」

「へえ……それだけ？」

「モンスターに関しては俺だけでも楽勝だろう。だが、村の人間に被害が出ている。サポートも含めて、魔法薬術師の力を借りたい」

あっ、このパターンは……

「じゃあこの新人のロッドくんを連れていくといいよー」

だろうと思いました。

「了解です。準備します」

俺は肩に載っていたニアを下ろしてうなずいた。なぜかメリアもうなずいた。

「では行きましょう！」

ついていく気満々だった。

「……いや、メリア」

「いけませんか⁉」

「いけませんよ！　さすがに！」

さすがにだめだった。


被害に遭《あ》った北の村……トドカ村に着いた俺とアララドさんは、怪我をしている村人たちにポーションを分け与えた。幸い、死者はまだ出ていないようだ。

怪我を治癒した際に、モンスターに襲われたときの話を聞いた。

「凶暴なハウンドグリズリーでした」

ハウンドグリズリーは、犬に似た頭部を持つ巨大な熊のようなモンスターである。なるほど、村人の手には負えない。

「そいつらが山から下りてきて、畑を襲っていたんだ」

「家の中荒らされた奴らもたくさんいる」

「自警団でも手が出ないほど大きかったんだ」

「狙って家や村人を襲っている気がするな。人間を襲うってことに味をしめちまったんだろう」

「怖くて、村の人たちはみんな山に入れなくなってる。時期によっては、山菜の収穫量にも影響しちまう」

村人たちの話を聞いた俺たちはすぐに山に登った。見回りがてらモンスターの痕跡《こんせき》を探してみようということになったのだ。しかし、俺のような非戦闘員がいて役に立つのだろうか？

「俺が一緒にいたところで足手まといにしかなりませんが……」

「まあいいじゃねえか」

アララドさんは陽気に笑った。

「言っておきますが俺なんか少しも戦えないですよ。体力にも自信ないです。ポーションを作るしか能がないですから」

山を登りながら俺は言った。

「――オレがお前を連れてきた本当の理由を知りたいか？」

「え……？」

「気に入らねえ人間を始末するためだよ」

アララドさんは立ち止まり、いきなり腰の剣を抜いた。

巨大な片刃の剣は大太刀《おおだち》というらしい。その切っ先が俺に向けられる。

「何せオレは敵国のスパイだからな」

「……えっ、そうなんですか？」

俺が呑気に言ったら、少し間があって、それからアララドさんはため息をついて剣をしまった。

「おい、少しはビビれよ」

「だって本気じゃないでしょ？」

「……がっははは！　ばれたか？」

一番下っ端《したっぱ》の俺なんか始末してもなんの得にもならないからな。敵国のスパイなら、なおさらメリットがない。それに、俺にポーションの追加を催促《さいそく》するゾルト副隊長のほうがずっと怖かった。

「肝《きも》が据《す》わってるじゃねえか。殺気がないことを察したか？」

「そんなすごいことはできないですよ。ただの勘と、俺自身の恐怖が足りなかったってところですかね」

「いい勘してるな。クリムレット卿が召し抱えるだけはある」


少し登ると、小高い丘のような場所に着いた。

キャンプ跡がある。領民共有の休憩場所のようだ。ちゃんと整備されていて、薪や枯れ枝が傍らに置いてあり、椅子代わりの丸太も横たわっている。

「本当は、休憩がてらこれを見せたかったのよ」

丘から、ふもとを見晴らす。そこには、森に囲まれた壮大な景色があった。

「うわ、すご……いい眺めですね」

「領邦のほぼ全景だ」

「全景が望めるんですか、ここで」

「辺境伯の臣下になったのに、領邦のどこに何があるかわからなかったら困るだろうからな。少々お節介を焼かせてもらったぜ」

どこに何があるのか、アララドさんから説明を受ける。

辺境伯領は、村々と畑が大部分を占めている。周囲は森や山で、その中にサフィさんの故郷であるエルフの里もあるとのことだった。

「サフィさんの故郷って、だいぶ森の中にあるんですね」

山岳地帯をともなった森は広大で、まるで別世界のような、底知れぬ怖さがあった。あんなところに入ったら、生きて帰れる気がしない。

「ああ、あのへんは危険地帯でな。俺たちは『異邦《いほう》』と呼んでいる地域だ」

「異邦……ですか」

そういえば、メリアも森の奥は危険だと言っていた。森の奥とは、その異邦と呼ばれる地域だったのか。

「あのへんは珍しいものもあるが、命がいくらあっても足りねえ。絶対に一人で足を踏み入れるなよ」

「了解です……サフィさんはそんな危険なところから来たんですか」

「ああ。フーリァンで見る亜人たちはだいたい異邦出身だ。オレみたいに別の大陸から来た亜人と区別するためなのか、異邦周辺出身の奴らは『異邦の民』と呼ばれている」

聞くと、獣人やドワーフなんかも異邦の民らしい。アララドさんのような鬼人は、異邦周辺から来た人種ではないので、一般的に亜人と呼ばれている。

「……鬼人の国は、海を渡ってずいぶん遠いところにあると聞きます」

「その通りだ。一人で旅をしていたんだがな、死にかけたところをクリムレット卿に助けてもらった。それから、まあ食客《しょっかく》のような扱いを受けている」

アララドさんは顔の傷跡を指でなでながら答えた。

「じゃあアララドさんは、兵士じゃなくて用心棒みたいなものなんですか？」

「ああ。そういうことだな。クリムレット卿は亜人にも分けへだてがないが、俺自身、つるんで足並み揃《そろ》えるのは性《しょう》に合わなくてな」

「そうですか？　誰にでも心やさしく見えますが――」

言いながら、少し弱気になっているアララドさんの表情を見たとき、俺は固まった。

「――っ⁉」

アララドさんのちょうど背後に、巨大な茶色い毛並みのモンスターが立っていた。

くだんの魔獣。ハウンドグリズリー。

それはでかいアララドさんより一回り以上でかかった。通常のものよりずっと巨大な個体だ。

「今じゃこうして馴染《なじ》んじゃいるが、来た当時はそりゃもう怖がられたんだぜ」

「ア、アラララドさん、う、う、後ろ……」

かまわずに話すアララドさんに、俺は言った。

「どうした？　『ラ』が多くねえか？」

「敵が、後ろにいます――！」

叫んだと同時、ハウンドグリズリーがその巨大な前脚を振りかぶった。アラドさんの頭にそれが振り下ろされようとしたとき、腰に差していた大太刀が一閃《いっせん》した。

アラドさんは、いつの間にか半身後ろに引いていた。

あまりに速く、無駄のない体捌《たいさば》きで――

巨漢とは思えないほど滑らかに刃が走っていた。

「ああ、知ってる」

言うと同時に、ハウンドグリズリーの上半身がずり落ちた。腹から脇あたりにかけて、斜《なな》め半分に切断されている。

ズドォと巨体が倒れる音がする。討伐は、ほんの一瞬で片が付いた。

「後ろにいたのわかってたんですか？」

「ああ、気配が見え見えだったぜ。油断させて攻撃させたところを仕留めるつもりだった。うまくいったようだな」

そう言って、アラドさんは「がははっ」と笑った。

「ところでロッド、お前魔法の心得は？」

「少しですが」

「俺はからきしなんだ。だから、こいつを見てみてくれ」

「！」

ハウンドグリズリーの死体を観察していたアララドさんは、首元をつかんで俺に見せた。

「……金属の、輪っかのようなもの？」

間違いない。ハウンドグリズリーは、首輪をしていた。しかもその首輪には、魔法石がはめ込まれている。

俺は首輪と魔法石を取ってよく確認する。

「これ、《精神操作《マインドハック》》系の魔法石だ……！」

相手を意のままに操れるので、国が使用も製作も禁じている危険な魔法石だ。アララドさんはうなずいた。

「どうやらこのモンスターには飼《か》い主《ぬし》がいるらしいな」

まだ事件は終わっていなかった。俺たちは改めて、ハウンドグリズリーの死体を確認する。

‡

「いやあ、楽勝楽勝！」

岩の割れ目のような洞穴《ほらあな》の中で、若い男二人は酒を酌《く》み交《か》わしていた。足元には、盗んだ野菜や食料、金目のものが置いてある。

「ハウンドグリズリーは普通人間の手には負えねえからな」

「首輪つけるのにやたら苦労したがな！」

「しかしハウンドグリズリーに村人を襲わせて、楽して食い物も金も手に入るって最高だろ！」

「ちげえねえや！」

「今度女でも襲ってさらってくるか」

「おっ、いいな！　ナイスアイディアだぜ！」

「ちゃんといい女の見分け方を学習させねえとな！」

わははははっ、と陽気に笑う男たち。

そこに巨大な影が洞穴に入ってきた。

「おう、見回りご苦労さん」

「お前のおかげで俺たちはもう一生食いっぱぐれないで済みそうだ――ぜ……」

男たちが振り向くと、そこにいたのは彼らが飼っているハウンドグリズリーではなかった。

‡

人間より巨大な鬼人のアララドさんが、天から巨大な星が落ちてきそうなほどの圧で洞穴にいた男たちを見下ろしていた。手には大太刀を握っている。

「う、うわああああああ！」

「なんだあああああ⁉」

仰天《ぎょうてん》する男たち。

「なんだとはなんだ」

アララドさんはため息をついた。

男二人はすかさずアララドさんの前で膝をつき、頭を下げた。

「た、た、た、助けて！」

「命だけは！」

俺——ロッドはその光景をアララドさんの後ろから見ていて感心した。

おおっ、本当だ。アララドさんの姿を見て、何もしてないのに命乞いを始めたぞ。

「お前らがハウンドグリズリーを操って村を襲っていたんだな？」

「は、は、はいぃぃ！」

「なんでもします謝ります！　金目のものも全部持っていってください！」

男たちは平謝りだ。

「俺はお前たちを捕まえに来た。抵抗しねえなら手荒な真似はしねえ」

「そんな！」

「頼むから見逃してくださいいい！」

「そこをなんとか……」

男の一人が苦笑いしながら顔を上げた――そのとき。

「だめだ」

「なんてな！」

男は魔法石を取り出して魔力を込めた。

「《眠りを誘う霧《スリーピングミスト》》！　どこの誰だか知らねえが眠ってもらうぞ！」

アララドさんはすでに動いていた。眠気を誘う白い霧が放たれる直前、アララドさんの大太刀の峰《みね》は男の手首を打っていた。

「うぎゃあああっ！」

骨が折れて変な方向に曲がる男の腕。

それからアララドさんはあっという間に二人の男を縛《しば》り上げてしまった。

「手際が良いですね」

剣の扱いもそうだけど、すごく手慣れている。大人の男二人を殺さず一瞬で無力化……戦闘力のない俺でもすぐに尋常《じんじょう》じゃないほど強いとわかった。

「ま、経験だな。しかしお前の読み通りだったたな、ロッド」

俺に笑いかけながら、アララドさんは言った。

「そうですね」

俺はうなずいて続けた。

「あのキャンプ跡は、最近まで使われていたような印象でした。村の人たちが怖くて最近は山に入れないって言っていたのに、使っている村人がいるとは思えません。そんなところで首輪をつけたハウンドグリズリーが襲ってきたら、見回りをしていたか、見られると都合の悪い何かが近くにあると考えます」

「キャンプ跡周辺を探したらすぐにこの場所が見つかったな」

「はい。それに、モンスターに《精神操作》の首輪をつけるとしたら、一時的に体の自由を奪う魔法石もセットで持っているはず。この《眠りを誘う霧》は相手を眠らせる効果の魔法みたいですね」

「がははっ、やるじゃねえか！　気に入ったぜ！」

アララドさんは笑いながら拳《こぶし》を突き出した。俺も同じく拳を突き出してそれに当てる。

「どうも」

サフィさんだったら、また花丸をくれたかな。

‡

トドカ村に平和が戻ったあと、とある日の昼下がりだった。

「なんてこったい」

サフィさんは仕事もせずにテーブルに肘《ひじ》をつきながらうなだれていた。

「どうしたんですか？　サフィさん」

「お昼から戻ったら、工房の前にこんなものが置いてあったんだ……」

サフィさんは便箋《びんせん》らしき紙を手にしながら言った。俺の肩に載っていたニアもそれに目を向ける。

「なんです？　手紙？」

「予告状」

「………」

ん？

「ごめんなさい。なんですか？　なんの予告？」

「犯行予告状だよ！　『少女怪盗《しょうじょかいとう》オジサン』の！」

「少女怪盗オジサン!?」

何それ？　少女？　怪盗？　オジサン？　犯行予告？　……ごめん、やっぱわからん。全部の単語がわからん。

「なんか脳が理解を拒否します」

「ぼくもだよ」

ああ、だからうなだれていたのか。

「自分で少女って言っちゃうんですか」

いや、この名前だからおっさんの可能性がある。

「そう。あとこの便箋……」

「よく見たら花柄だ！」

ふわふわしたかわいい便箋だ！　字も丸っこくて少女っぽい！

「クリムレット卿に報告したら『なんかよくわからないけどなんとかして』って言われて」

「まあ、いたずらかもしれないし、そうなりますよね」

「うーん……頭が痛いなあ」

「サフィさん、もしかしてこの領邦って変な人多いです？」

「個性的って言ってほしいね！」

まあそれはいいか。

「ちなみに、こいつは隣のスギル伯領ウエーリで名をはせた怪盗らしい。だからスギル伯領の住人だと思うよ」

スギル伯領は、ここよりは王都寄りで、少し都会のところだ。

「なんでそんなことがわかるんです？　やっぱり有名な盗賊なんですか？」

「いや、この手紙に書いてあるの」

「ええ？」

サフィさんは手紙を見せてくれる。

わたくし、汚い手口で富んでいる役人や、貴族の不埒《ふらち》を許せませんの。ですから、領邦のお金で怪しげな研究をしているという、エルフの魔法工房にある邪悪な研究成果を盗ませていただきます。活動範囲はスギル伯領のおもにウエーリ内でしたが、今回は少し遠出させていただきますわ。同じ貴族として、不正や腐敗を許すわけにはいきません。

「なんでこんなに個人情報をポンポン載せられるんですか！　逆に怖い！」

俺は頭を抱えてうなだれた。

同じ貴族として不正や腐敗をしている裕福層を許せない……というのが動機らしい。

つまり少女怪盗オジサンは貴族！

バァン！

俺は混乱しすぎてテーブルに置いてあった便箋を叩いた。

「誰か助けてくれ……！」

「そうなるよね。自分で書いてるんだもん」

「サフィさん、なんか怪しげな研究してるんですか？」

「してるわけ……ない……よ？」

「なんで自信なさげなんですか！」

そういえば工房内に変なゴーレムが置いてあった。自分が作ったわけではないと言っていたが、本当はサフィさんもけっこう怪しげな研究をしてるのかもしれない。

「でも邪悪ではないし研究資金を悪用しているわけじゃないよ。それは断言できる」

「それはよかった」

「魔法を使ってこの手紙を置いていったならある程度魔力を追えるんだけど、これ、ぼくたちがお昼にいないのを見計らって直接工房の前に置いたっぽいんだよね」

もうすでに領内に潜伏しているのか？

それとも領内の誰かのいたずらだろうか？

「一つ言えるのはね、ロッドくん」

「はい、なんでしょう」

「この手紙の送り主がもし本当に少女だとするなら、このことは五年後十年後に黒歴史になってると思う」

「あー……」

それはダメージがでかそうだ。何せ『オジサン』と名乗っている。

「とにかく夜確かめますか」

予告状によると、今夜盗みに来るらしい。

もう全部書いてあるもの。何これ？　そういう作戦？

今日と見せかけて別の日に盗む作戦？

「うちが裕福に見えたのかなー？」

「どう考えてもそうは見えないですが」

予算内でやりくりするただの役人みたいなもんなのに。その使った予算とか研究成果とか全部クリムレット卿に報告してるのに。

……でも、サフィさんの研究とかは流出させちゃだめだよな。何してるか詳しくは知らないけど。ていうかこの人がちゃんと仕事しているところをあまり見たことないけど。とにかくエルフの研究というだけで魔法的な価値が非常に高い。俺の土壌強化ポーションとは比べものにならないのだ。

「今夜、家の前を見張りましょう」

俺は言った。

「いたずらだったらいいんですが、万が一本当に盗みに来られたら面倒です」

「いや、でも、いいの？」

「大丈夫です」

徹夜は慣れてるんだ。仕事でよくやってたから。

その夜、俺たちは工房の外の物陰で、侵入者が来るのを待っていた。

俺たちというのはアラドさんもいるからだ。見張りが俺だけだと心もとないので、助けを求めたのだった。

「ロッド、どっちだと思う？」

「えっと……何がです？」

「おっさんか少女か」

「究極の質問ですね」

「オレはおっさんだと思う」

「じゃあ俺は期待も含めて少女のほうで」

「がはは！　明日のメシ代賭けるか⁉」

「いいですね。受けて立ちます」

そんな会話をしているときに、黒いローブの人物が工房に近づいてきていた。少し小柄だ。

その人物は、周囲をキョロキョロと見ている。

「あからさまに怪しい人物が来ましたね」

「いや、あんな不審人物丸出しで来るか普通？　断定するにはまだ早《はえ》え」

しばらく様子見が必要か。

そう思っていると、黒ローブの人物は工房の前で立ち止まり、ばさりとローブをはためかせ、ドアの前で宣言した。

「少女怪盗オジサン、参上ですわ！」

「「あれだああああ！」」

俺たちは飛び出した。

「待ち伏せですの⁉」

慌てているような声は、かわいらしい少女のそれだった。

小柄で俺よりもずっと背が低いので、かわいい声と相まって本当に少女にしか見えない。

「アラララドさん、明日のお昼おごってくださいよ」

「馬鹿野郎、声がすげえかわいいおじさんかもしれねえだろ！」

たしかに、ローブを目深《まぶか》にかぶっていて素顔は見えない。

「その入り口は内側からカギがかかっている。おとなしく捕まるんだな！」

アラララドさんが持ち前の脚力で瞬く間に間合いを詰める。

「あらそうなんですの？」

少女怪盗オジサンはドアノブをひねると、難なくドアを開けて中に入った。

「何⁉」

確実に、サフィさんが内側からカギをかけたはずだ。たまたま開いていたのか？　それともオジサンが何かしらの魔法を使って開けたのか？

オジサンが中に入ると、床に仕掛けていた魔法陣が展開された。魔法陣からは、光の線のようなものがオジサンに向かって高速で伸びていく。《レーザーバインド》――相手を光の糸で拘束する魔法だ。

「これ、サフィさんの仕掛けた罠《わな》か!?」

しかしオジサンはまるで水が流れるように軽やかに、伸びてくる《レーザーバインド》を避ける。

四方八方から押し寄せるそれらをひらり、避けて避けて避けまくる。

「こんなのでわたくしを捕まえようなんて、見くびられたものですわね！」

「オレを忘れてもらっちゃ困るぜ！」

アララドさんが中へ入っていく。

迫りくる鬼人の巨体に向けて、オジサンは手をかざした。

「《放雷《ほうらい》》！」

一瞬で展開される魔法陣。そこから、雷がアララドさんに放たれる。

「うおおっ！」

アララドさんは大太刀を盾のようにしてガード。

「詠唱省略!?」

俺は雷光に目を細めた。

詠唱を省略できるのは、魔力が異常に高い人間か、もともと魔力の高いエルフくらいだ。オジサンは《レーザーバインド》をすべて避けきり、魔法陣は効力を失って消《き》え失《う》せた。

アララドさんは少し引いて、俺と足並みを合わせる。

「あれがなんだろうと、相当な手練《てだ》れだ！　用心しろロッド！」

「了解です！」

俺たちは構えた。

いまだ黒いローブに包まれているオジサンは、静かに俺たちに向き直る。

「待ち伏せに罠に……ずいぶん用意がよろしいことですわね」

「当たり前だ！」

手紙に書いてあったから！　もうツッコむのも面倒になってきた。

「待ってたよ、オジサン」

ここで、奥からサフィさんが歩いてくる。

「サフィさん起きてたんですか！　もうエルフは寝る時間ですよ！」

「子どもか！　いやこれだけ騒がれたら寝られないって！」

サフィさんなら寝そうだが。

「ニァー！」

オジサンがサフィさんに気を取られたところで、ニアが棚の上からオジサンに襲い掛かる。

「！」

爪はローブをかすめて、目深にかぶっていたそれをずらすことに成功した。

「えっ!?」

そこには、素顔がなかった。目元には仮面、口元には明らかにつけ髭とわかるそれがついていたのだ。

それに顔全体が黒い何かモヤのようなものに覆われていて、なんだかはっきり見えなかった。

「こらニア！」

サフィさんはなぜか援護したニアを怒った。

「⁉」

ニアはびっくりした様子で固まり、やがて俺のところにやってくる。

「……気を取り直してオジサン、これを見るといい」

サフィさんはテーブルに書類を並べた。

「これがいつもメインで作っている治癒ポーションと魔力回復ポーションのレシピ。そしてこれがゴーレムの研究報告書、土壌強化ポーションのレシピと実施報告書、そのほかポーションのレシピ、そしてこれがぼくが今取り掛かっている魔法道具の研究レポート。そして予算管理表と各種報告書と業務日報」

「全部見せるの⁉」

驚いて言うと、サフィさんはしたり顔で笑った。オジサンは、その書類を一枚一枚確認していく。

「どうだい？　この通りうちはクリーンだ。なんなら工房内をくまなく調べてもらってもかまわない。不正も裏切りも一切ない」

「…………」

「それでも君が盗む価値のあるものはあるのかい？」

オジサンは少し考えたあと、口を開いた。

「……たしかにその通りですわね。わたくしは、デマをつかまされましたの？」

「そういうこと。まあ傍《はた》から見たら怪しいことは自覚しているよ。製法が失われた古代の殺戮《さつりく》兵器を再現させようとしているとか、広大な地下室で神をも恐れぬ怪しげな実験をしているとか、禁止されているようなエッチなポーションを作って荒稼ぎしてるとか、よく噂が立つ」

怪しいのは否定できない……だがオジサンは納得したようだった。

「わたくしのリサーチ不足だったようですわ」

「君がなりふりかまわず金目のものを盗んでいるんじゃないってのは安心したよ」

「国の将来を背負う貴族の一人として、権力者の不正を許すわけにはいかないだけですわ」

それ、あなたの正体を特定する材料の一つになると思うんですけど言っていいの、ねえ。

「……今日のところはここで引き上げます」

そう言いながら、工房から出ていこうとしたところを、アラフドさんは後ろから羽交《はが》い締《じ》めにした。

「甘《あめ》えな！　納得はしたが不法侵入して盗みを働こうとしたことには変わりねえ！　とりあえず捕

まえて、どこの誰か調べて、それからだ！」

「アララド！　こらっ」

サフィさんはアララドさんに対して怒った。

そういえば予告状やオジサンの言葉がたしかなら、相手はスギル伯領におわす、やんごとなき貴族家系の一つ。むしろ俺たちのような一般人が怪我をさせたとなったら、問題になってしまうのではないか？

しかし拘束されても、

「仕方ありませんわね」

オジサンは冷静だった。

「形を変えし水の精霊よ、今こそ我にその力を示せ……」

そして魔法の詠唱を始める。

「精霊!?」

オジサンの黒いローブがふわりと持ち上がると、黒い霧のようになって周囲に広がった。

ローブが崩れて、黒い雲のようになって工房内を包んだのだ。

オジサンがもともと着ていたらしい、かわいらしいひらひらの服とパニエで膨《ふく》らんだふわふわのスカートがあらわになる。

オジサンの詠唱で、俺は納得がいった。《精霊召喚》――精霊を召喚し、戦闘の補助をしてもらうという魔法だ。魔法の詠唱を省略できたのは、あらかじめ精霊を召喚していたからか。最初からローブという形にして、水の精霊を身にまとい補助させていたのだ。工房の鍵を開けたのも、おそらくローブの一部にドアを潜《くぐ》らせ、カギを内側から開けていたんだ。

そして、彼女が今唱えているのは、《精霊魔法》。

精霊の力を借りて放つ、自分の魔力以上の威力が出せる強大な魔法だ。

危険を察知したアララドさんは、オジサンを離して防御の体勢を取った。

「うなれ、極限なる雷光！」

工房全体を包むような極大の魔法陣が、空間に展開される。

「《アルティメット・サンダーボルト》！」

瞬間、まばゆい稲光《いなびかり》があたりを包んで、轟音《ごうおん》とともにいかずちが工房中を走った。

「……っ！」

防ぎようがない俺は、せめて顔を背けて目をつぶったが、衝撃は来ない。

目を開けると、サフィさんが防御してくれていた。《障壁《シールド》》の魔法——傘《かさ》のように展開する盾の魔法で俺とニアも守っていた。

雷が収まると、オジサンの姿はそこになかった。

あれだけ派手に雷が迸《ほとばし》っていたのに、工房内はほぼ無傷だ。

「資料が燃えないように加減してくれたみたいだね」

サフィさんはそう言って安堵《あんど》の息をついた。

「さすがにやばかったぜ」

アララドさんも無事だ。

「全力で撃たれていたら、今頃アララドは黒焦《くろこ》げだよ」

「これでも魔法防御の『チャーム』を身につけているんだが」

チャームは魔法陣の描かれた小さい金属の魔法道具だ。あらかじめ魔力が込められているので、魔力がない者でも扱える。ただし、その効果は魔法石と比べて低く、使えるのは一度きりだ。安価で手に入り自分の魔力を消費しなくて済むので、効力のあるお守りのような扱いをされている。

「全力の《精霊魔法》が魔法使いのお守りごときで防げるわけないよ」

「マジか……」

外を見ると、黒いローブ姿に戻ったオジサンが走り去っているところだった。

「あっ、くそ！　待ちやがれ！」

アララドさんはそれを追いかけていく。

「俺も追ってきます！」

それを追おうとして、俺は足を止めた。

「………」

追うのはやめよう。その代わり……俺はローブが行ったのと反対方向に回り込む。

工房の、ちょうど裏側。

「なっ⁉」

やっぱりいた。

少女怪盗オジサン。黒いローブは、少しも残っていない。

ひらひらのかわいらしい服を着た、かわいらしい少女だった。明るい栗色《くりいろ》の長い髪で、少し癖《くせ》がある。年齢はメリアと同じくらいだろうか。

「あの走るローブ姿のほうは精霊で作った囮《おとり》だよね。俺だったらそうする」

「――――」

逃げようとしたところで、俺はオジサンの手首をつかんだ。

「離しなさい！」

「だめ。こらっ、あばれるな！」

足がもつれて、二人で倒れ込んだ。地面はやわらかい雑草の上だったから、痛くはないが押し倒したようになってしまった。

「なっ、なっ、なっ、何を……」

オジサンはうろたえている。

「別に捕まえるつもりはないから。安心してほしい」

「え……？」

俺にどうこうできる問題じゃなさそうだし、サフィさんもそう判断しているしね。

「でもあまり調子に乗っていると痛い目見るかもしれないよ。気をつけてね。少し心配だから、忠告。それだけ」

「し、心配……？」

「いけない？」

「…………」

オジサンは赤くなったまま、何か言おうとして口を閉じた。

もし彼女が貴族家の令嬢なら、もうやめたほうがいいと思うが。俺一人出し抜けなかったということは、今後同じように捕まることがあるかもしれないし。

「ど、ど、どいてくださる……？」

急にしおらしくなったオジサンは、弱々しい声でうったえた。

「あ、うん、ごめんオジサン」

「押し倒されたのも、他人の殿方に心配されたのも初めてですわ……」

「え？　何？」

「なんでもありませんわ」

オジサンが立ち上がると、黒雲化した精霊が帰ってきて彼女にまとわりつく。

「送っていこうか？」

「子ども扱いしないでくださる？」

そりゃそうか。この子、たぶん俺よりずっと強い。心配は無用だな。

「じゃあ、気をつけてね、オジサン」

「オズですわ。オズ・トリニティ」

オジサンは言った。

「オズ……さん」

すまん、オズさんと呼んだところでもうオジサンが訛《なま》ったようにしか聞こえない！

ていうかまた個人情報おもらししてる！　怖い！

「俺はロッドだ。よろしくね」

「ロッド……様」

いや様付けするほど偉くはないけど。

オズは赤くなった頬を両手で隠すようにしながら、すぐに俺に背を向けた。

「い、いきますわよ、ドロシー」

黒雲化していた精霊がローブの形になり、オズの体を包む。

「今度はちゃんと遊びに来なよ。歓迎するから」

「そっ、そんなの忙しくていつになるかわかりませんわ！」

俺はそれから、罠にかかってビリビリに痺《しび》れていたアラドさんを回収しに行った。

第四章　主人の務め　臣下の務め

オジサン騒ぎがいち段落して数日後。

「そういえば、サフィさんってなんの研究してるんですか？」

俺はサフィさんに聞いた。

「オジサンに襲われたときに見せてた資料ありましたよね」

「ぼくは魔力回復系のポーションの生産がメインで、あとは……」

「あとは？」

「知りたい？」

サフィさんはいたずらっぽく笑った。俺は少し引いた。

「なんか怖いんですが」

「たとえばね」

サフィさんは棚にあった魔法石を持ってきて魔力を与える。魔法陣が光り、地面から人の身長くらいの壁が出現した。

「こういう、魔力を流せば一瞬で展開される防衛機構の開発」

「ああ、たしかにこのへん木の柵くらいしかないから、そういうのあったほうがいいですよね」

「うん。まだ試作段階だけどね」

城壁とか防壁とか、そういう言い方じゃなくて『防衛機構』という言い方なのが少し気になるが。

「魔法じゃなく普通の素材で防壁を作らないのは予算の問題ですか？」

「いや、エルフと同盟組むときに『自然と一体化してない場所とは組まん』って言われて仕方なく作らなかったらしい」

「そんな圧力が。だからこのへん、領主の居館があるのに牧場みたいな木の柵とかしか置いてないんですか」

「しょうもないよね」

いや、あなたもそのエルフ側だと思いますが。まあ自然の中で生きるエルフらしい主張と言える。

「しょうもないとはなんだい、しょうもないとは」

いきなり会話に入ってきた者がいて、俺はとっさに振り向いた。

いつの間にか、そこには長身の男のエルフがいた。長い髪を後ろで縛っている美形の男だ。いつ入ってきたのか全然わからなかった。

「えっと、どなた様です？」

敵意はなさそうだ。が、いきなり入ってこられても困る。

「私はエルフ族のウェルトラン・ガルニック・ウィンザルド・ユグドラシル。普段はそのへんをフラフラ遊び歩いている。フラフラ遊び歩くためなら知り合いの建物へも不法侵入する構えだ」

どうしようもなさそうな人が来た。

「君はなんというんだい？」

「ロッド・アーヴェリスです」

いや、普通に自己紹介してしまったけど何この人？　サフィさんの知り合いか？

「また来たのか」

サフィさんはため息混じりに言った。

「それよりもエルフはしょうもないと言った言葉、訂正してもらおう」

「ロッドくん、こいつは、店とかに行かずにわざわざ工房まで来てポーションを値切って買っていこうとする非常にありがたくないやつだ。商売はやっていないと言っても一向に聞かない。あとエルフ族でも有数のクソ長い名前を持っている面倒くさいやつだ」

ウェルトランと名乗った男のエルフを無視して、サフィさんは説明してくれる。

「そんな悲しいこと言うなよ、サフィール」

「サフィと呼べ」

サフィール……サフィさんの名前かな。サフィは愛称だったのか。

「『サフィ』だって!?　おいおい、まだそんなこと言ってるのか!?」

いきなり、ウェルトランさんはへそを曲げた。エルフは誇り高い種族で名前にもプライドを持っているから、略したりあだ名をつけたりするとガチギレされる。サフィさんが特殊なだけで、これが基本的なエルフ族の反応だろう。

サフィさんは面白がって追撃を加えている。

「ロングソード、略してロンソ。ダブル薬草マンモスバーガー、略してダブル薬マン」

「あああああ！　なんで略すの名前を！　やめて！」

でも他人の名前とかものに対してもキレるんだ。いや、ダブル薬草マンモスバーガーっていうのも適当すぎるけど。聞いたことねえよそんなバーガー。

「……ほ、本題に入ろう」

ウェルトランさんは息を整えて言う。

「噂で聞いたよ。周辺環境の影響を最小限に抑えたうえで、農作物の収穫量を増やせるポーションを開発したって。売ってくれ」

俺の土壌強化ポーションのことだろうか。

「お前に売るようなポーションはない。出ていくんだね」

「そこをなんとか」

なんか仲が悪そうだな……しかし美形同士だといがみ合っていても絵になるな。

「なんだったら原価の二十倍で買い取るが、どうだい？」

しかもけっこう気前がいいな。まあ、原価はかなり抑えているから二十倍でも安い部類だが。

「サフィさん、別に悪い話じゃない気が……研究資金の確保もできそうだし、そこまで拒《こば》むことないんじゃないですか？」

「うーん……」

「クリムレット卿に相談してみたらどうです？」

俺は言ったが、いまだサフィさんは渋《しぶ》い顔だ。

「……買い取ってどうするの？」

「そのへんの世間知らずの貴族に買値の二百倍で売るよ」

ウェルトランさんは平然と答えた。いやけっこうぼったくるな！　値段釣りあげすぎだろ！

「やっぱりろくでもないじゃないか！」

サフィさんが再び拒否し、俺はうなずかざるをえなかった。

「だめかい」

「なぜいいと思ったんだ」

「仕方ない、ポーションはあきらめよう。その代わり一つ頼みがあってね」

「断る」

「まだ何も言ってないじゃないか」

サフィさんを無視して、ウェルトランさんは話し始める。

どうやら、領民の貴重品を盗んでいく大型の虫が出現しているらしい。商人たちがお店を開いているところも襲撃してくるため、商売の邪魔になっているのだとか。

「貴重品ばかり盗んでいくから、こっちも怖くて商売できないんだ」

「ウェルトランさんって詐欺師《さぎし》じゃなくて商人なんですか」

「そうそう。いつもここで作っているポーションを仕入れさせてほしいって交渉に来てるんだけど……」

にこにこでウェルトランさんが俺の質問に答えると、サフィさんのぎらついた目に貫かれた。

「だめそうだね」

「まあ、うちは辺境伯軍の支援物資を生産しているだけですしね」

クリムレット辺境伯所有の魔法薬術師と工房である。辺境伯軍にポーションを供給することはあれど、商売目的で誰かに売ることはない。話がそれた。

「でもモンスターの討伐は辺境伯軍の仕事じゃないですか？　そちらに依頼したらどうです？」

「それがどうも最近忙しいらしくてね。領民が怪我したわけじゃないから優先度が低いみたいで、放置されているんだよ」

たしかに最近は、辺境伯軍からポーションの増産要請があったので仕事量が増えている。モンスターの被害が増えているのだろう。

「でも流通を担っている我々としては死活問題なんだ」

「たしかに商品を盗まれでもしたら大打撃ですもんね」

「そうなんだよ。あ、ほら、今もあそこに」

促されて窓の外を見ると、たしかに大人の人間ほどもあろうかという巨大な甲虫が空を舞っていた。甲殻に包まれた黒い翅と、八本の節足を持つモンスターだった。

「ヤウシャッガイか。光り物好きな種もいたんだね」

サフィさんが言った。ヤウシャッガイは巣を強化するため、硬い石などを拾って持ち帰る習性があるらしい。今回はその亜種かもしれないという。

「ツメに何か引っかけてるね。おそらくまた誰かが被害にあったんだよ」

ウェルトランさんの言う通り、たしかに飛び立ったヤウシャッガイは、何かキラキラした装飾品のようなものをつかんでいるように見えた。ネックレスみたいなアクセサリーかな。

ヤウシャッガイを追い払おうと、魔法が空を飛び交っている。残念ながら命中することなく、ヤウシャッガイは飛び去った。

「――あれって、もしかして」

サフィさんの顔色がどんどん青ざめている。

「どうしたんです？」

「ヤウシャッガイが持っていったのって、ぼくの記憶が正しければ――」

サフィさんが苦い顔で言ったと同時に、

「ロッドさん！」

工房の入り口からメリアが入ってきた。

「大変です！　わたしの宝物が、変なおっきい虫に……」

ヤウシャッガイが引っかけていった何かは、どうやらメリアの持ちものだったらしい。

「あ、ウェルトランさん、こんにちは」

「どうも、メリア・クリムレット嬢」

「また工房に来てたんですか？　こりないですね」

二人も知り合いらしい。挨拶もそこそこに、メリアは事情を話す。

「ネックレス？」

ヤウシャッガイが引っかけていったものは、ネックレスだった。屋外でお茶をしていたところ、いきなり急降下してさらっていったのだとか。

「はい……そばに置いていたら、いきなり」

いきなり人くらいの大きさの虫が接近してくるとか怖すぎる。

「身につけているときじゃなくてよかったけど、ショックだね」

でも、メリアもネックレスとかするんだ。貴族のたしなみってやつかな。めちゃくちゃ高価そうだ。

「アラランドさんは？」

「お父様に呼ばれて、別のお仕事に行ってしまいました」

辺境伯軍と同じく、アラドさんも忙しいらしい。

「あきらめるってわけには」

「だめです！」

メリアは、目に涙を浮かべて首を振った。

「あれだけは、どうしてもだめなんです……でもお父様もほかの人たちも、なんだか忙しそうで、声をかけにくくて……」

宝物って言っていたからには、メリアにとって、とても大切なものなのだろう。でも、頼れる人は、タイミング悪くいない。

「………」

俺は黙って立ち上がった。

「行ってくるよ。取り戻せるかどうかは、わからないけど」

宝物を失ったと泣いている子を前にして、『あきらめろ』はないよな。

「いいんですか!?」

「サフィさんもいてくれれば、どうにかなるよ」

他人事《ひとごと》のようにウンウンうなずいていたサフィさんがぽかんと口を開けた。

「え？　ぼくも行くの？」

「俺一人じゃちょっと、なんとかできる気がしないですよ」

「ゴミトランの言いなりになるのは癪《しゃく》に障《さわ》るけど……しょうがないね」

サフィさんが言うと、留守番する気満々のウェルトランさんは額に汗しながら苦笑する。

「名前をいじる系もきついな。具合悪くなっちゃう」

とにかく行ってみるしかない。ウェルトランさんを工房から追い出して、メリアから帰還の魔法石を借り受ける。

「ヤウシャッガイが行った方向は――」

方向を見据えると、自然に顔が引き締まった。山。異邦と呼ばれている場所がある方向。

アララドさんと初めて会ったときに説明された。それきり、関わりのなかった場所だった。

……異邦は、人ならざるものどもが支配する巨大な森林と山岳の地帯だ。生半可なものでは生き残れない危険な世界と聞く。

「一番やばい危険地帯ですね」

「ヤウシャッガイが棲《す》むのは異邦の入り口あたりだからまだマシかなぁ」

サフィさんは言ったが、危険地帯なことには変わりない。用心をするに越したことはないだろう。

「じゃあ、行きましょう！」

俺たちが用意を済ませて出発しようとすると、メリアが気合を入れて言った。

「いや、メリアは留守番！」

「いけませんか？」

だめだって。

準備ののち、俺とサフィさんは出発した。ニアも一緒である。

「そいつ連れてきて大丈夫？」

サフィさんに言われて、俺は足元のニアを持ち上げた。

「癒し要員です」

俺はニアの毛並みに顔を埋《うず》める。こうしてニアを吸うことで、俺のストレスは常にゼロであった。

「あと非常食にもなりますしね」

「それはやめてあげて」

不穏を察知したニアが暴れ出したので俺は足元に下ろした。

「ところで、どうやってネックレスを盗んでいったモンスターを追うんです？」

二人と一匹、森の中を行きながら、俺は尋ねる。

「触れなくても遠距離から使える《鑑定魔法》があるから、それを巣に対して片っ端から使っていくしかないね」

「地道すぎる」

「異邦の入り口くらいだからそれほど問題はないはずだよ」

普通に行けば途中でモンスターに出会うはずだが、今のところは襲われてはいない。

モンスター避けのチャームを身につけてはいるが、絶対襲われないわけではなく効力が切れるまでほんの少し遭遇する危険を減らしてくれるだけだ。

ただ、目指すのは危険地帯の異邦である。ほんの入り口の地点であっても、油断はできない。

「異邦についてはアララドから聞いているみたいだね」

サフィさんに尋ねられて、俺はうなずいた。

「さわりくらいは。危険地帯というだけで実際どんなところなのかはわからないですが」

「異邦の全貌《ぜんぼう》は、誰もわからないよ。くまなく探索できた者はいないからね」

「そうなんですか」

「特に山の向こうの異邦の最奥は『深淵方面《しんえん》』と呼ばれていて、そこまで行った者は誰もいない」

「異邦の近くに故郷があるのに知らないんですか」

「深淵方面のほうから来たわけじゃないし、本当に詳しくはないんだよ。昔そこから魔族が攻めてきたって言われているけど」

「魔族、ですか」

「そう。そう呼ばれている亜人がいるんだ。だから、魔族の国とかあるんじゃない？」

話していると、サフィさんは言葉を切り、苦い顔をした。

「……まずいね。話に気を取られていた」

「どうしたんですか？」

モンスターが隠れてこちらをうかがっているのだろうかと思ったが、違った。

サフィさんは背後を振り返った。それからずんずん木の陰へ進んでいくと、そこに隠れていた人物を引っ張り出した。

「あっ」

そこには、隠れてあとをついてきていたメリアがいた。

「メリア!?」

「見つかってしまいました……」

どうやらこっそりあとをつけてきたらしい。俺はメリアの手を取って踵《きびす》を返した。

「送り返すか……」

「待ってください！　わたしも行きたいんです！」

いつになく真剣な面持ちで、メリアは言った。

「もし送り返したらまた一人であとを追いますよ！」

サフィさんは頭を抱えて、それから答える。

「……まあ、仕方ないか」

たしかに、こっそりついてきて危険な目に遭うより、もはや一緒に行ったほうが安全か……

「まあ異邦の入り口くらいまでなら、大丈夫ですかね」

「そうだね。もう巣がありそうな場所は見えてきたしね」

岩、樹木、雑草、虫……気づけば、いろんなものが巨大になっている。

ついにやってきた実感が湧く。異邦の世界。その入り口。辺境——その境目の向こうに、俺たちは足を踏み入れようとしている。不穏な空気に、気持ちが押しつぶされそうになる。

巨大な樹木たちの中に、鳥の巣のようなものも見える——が、木々に隠れて非常にわかりづらい。

「メリア、絶対に俺たちのそばを離れないようにね」

森林地帯を進んでいく俺は、メリアの手を握りながら言った。

「はい！」

メリアは元気よくうなずいて、手を握り返す。

まあ、そんなこと言っても俺だって戦闘力ないから、サフィさん頼りなんだけど。

「いざとなったらサフィさんを囮にして逃げるよ」

「おい」

鳥の巣らしきところにある程度近づくと、俺たちは足を止める。

「ここからが大変なんだよね」

「見つけた巣一個一個に《鑑定魔法》をかけないといけないわけですか」

「そういうこと」

サフィさんはさっそく魔法陣を展開し、見えている巣の中を《鑑定魔法》で探る。

「違う。ヤウシャッガイの巣じゃない」

はずれか。しかし効率が悪いな。もっと手っ取り早い方法……何かないだろうか。

「サフィさん、提案なんですが」

少し考えて、俺は言った。

「その遠距離の《鑑定魔法》、攻撃魔法みたいに出しっぱなしにできないんですか？」

「いや、したことないけど……どういうこと？」

「見つけた巣を一つ一つ調べるよりも、周囲一帯をすべて鑑定したほうが早いかなって思って。余計な情報量がかなり多くはなりますが」

「水面の波紋《はもん》みたいに広げるイメージか。やってみようか」

サフィさんが片手に魔力を込めると、巨大な魔法陣が浮かぶ。

無詠唱でここまで巨大な魔法が撃てるとは――エルフにしかできない芸当だ。

「ああ、なるほど」

サフィさんは納得したようにうなずいた。

「消費魔力はだいぶ上がるけど、こっちのほうが手っ取り早い。さすがだね」

サフィさんが言うと、メリアは胸を張った。

「わたしの臣下ですから！」

そういうことらしい。俺は頭をかいた。

「でも、このへんにはないね」

「じゃあ、また別の場所でもう一度同じことをしますか」

「いや、その必要はないよ」

「え？」

「ここから異邦入り口周辺を、一気に探ってみる」

そんなに魔力があるの？　いや、あったとしても、鑑定した情報が膨大すぎて処理しきれないのでは？

「罠を探知するための《探知魔法》と複合させる」

「そんなことできるんですか？」

《探知魔法》じゃヤウシャッガイの巣があるかどうかしか探せず、巣の中身がどうなっているかはわからない。逆に《鑑定魔法》は詳しい中身を知ることができるが、特定の何かを探知することはできない。

二つを合わせることができれば、二つの弱点を補い合える。

《複合魔法》……実在する技術だ。でも、魔法石なしでできるという人に出会ったことがなかった。

言うだけなら簡単だ、というやつだ。

「うん。できるよ」

とサフィさんは簡単に言った。どうやら「言うだけなら簡単だ」と思っていたのは人間だけだったらしい。

サフィさんは両手に魔法陣を展開させる。右手に《探知魔法》。左手に《鑑定魔法》。

二つの魔法陣は、合わさって巨大な二重の魔法陣に変化した。

「――あった」

やがて、サフィさんは巨木の一つを指差した。ここからそれほど遠くない位置だ。

「やっぱりサフィさんってすごいんですね」

「まあね」

――ッ！

そのとき、にわかにニアの毛が逆立つ。

「ニア？」

「ニアのほうが気づくのは早いね……ついに出てきちゃったみたいだ」

サフィさんが身構えると、草むらから、巨大なオオカミが出てきた。

しかも一匹だけじゃない。

ダイヤウルフ――濃い灰色の毛並みをしたオオカミのモンスターが、俺たちを取り囲んでいた。

餌をかぎつけてやってきたのは、十頭以上はいるであろう群れだ。

「先に行って」

サフィさんは《転移魔法》を使い、空間に穴を開ける。

うおお、初めて見たぞ、空間転移の魔法なんて。特定の一か所にしか行けない帰還の魔法石と違い、位置がわかればどこにでも行ける魔法である。消費魔力が高すぎて、人間では習得が不可能だと言われているほどの魔法だ。いや、感心している場合じゃない。

「サフィさんは？」

「すぐ済む。露払《つゆはら》いをしてからあとを追うよ。今はメリアのほうが大事」

「……了解」

それはそうだ。お互いに、それは心得ている。

震えるメリアの手を強く握る。俺とメリアは、躊躇いながらも転移の穴へ身を投じた。

転移の穴をくぐった先は、巣のある巨木の根元あたりだった。あとからニアもやってくる。

枝や葉に隠れて見えにくいが、幹にはりつくようにして巣が見える。俺たちが探しに来た目標は、もうすぐ上にある。

「ここで待ってろってことだよな」

「木登りしましょうか？」

あなた過去に木から落ちて足の骨折ってるのに強いな。

「いや、やめておこう、メリア。人間が登れるような木じゃない」

高さがありすぎて、落ちてしまったら骨折どころじゃすまないだろう。サフィさんが追いつくまで待つのが賢明だ。

「帰還の魔法石は――あるな」

俺は帰還の魔法石を確認する。いざとなったら、俺がこれを使ってメリアとここから脱出しよう。

とりあえずは待つかと思っていたが、ニアは変わらず毛を逆立てて周囲を警戒している。

「……ニア？」

さっきと同じだ。感知しているんだ、人間よりずっと早く、その気配を。

そう思った矢先に、モンスターが顔を出した。

「！」

さきほど俺たちを襲ったダイヤウルフだ。違う群れかはわからないが、俺たちを取り囲んでくる。

「ロッドさん……！」

しかもけっこう多い。サフィさんは――間に合いそうにないか。

ニアが威嚇《いかく》しているおかげか、ダイヤウルフたちの動きが慎重になっているのが救いだが、それでも俺たちを囲んでじわじわと距離を詰めてきている。

「これは、あまり使いたくなかったけど……」

尻尾《しっぽ》を立てて威嚇するニアを自分の服の中に入れて、俺は収納の魔法石から、とあるポーションを取り出す。

俺が今まで片手間で研究していた失敗作の一つ、筋力強化ポーションだった。使ったあとの副作用がひどく、改善の余地が多すぎて手がつけられなかったものだ。

ダイヤウルフたちが一斉に飛びかかろうとする直前。俺はそれを一気に飲み干す。

「戦うんですか⁉」

期待のまなざしで見るメリアを素早くおんぶした。

「俺は戦えないよ。このまま直接巣に向かう！」

「登るんですか⁉」

落胆されるかと思ったけど、メリアはさらに目を輝かせた。

俺は幹に手をかけて巨木を登り始めた。

研究途中のものだから、あまり効果が持たない。効果終了と副作用までのタイムリミットは十分程度。一気に巣まで登って、素早くネックレスを奪還《だっかん》して戻るしかない！

地上から離れ、俺たちの位置が高くなっていく。両手を使って登っているので、おんぶされているメリアはぎゅっと俺の首にしがみついている。

ダイヤウルフは……木を登って追ってこようとしている。

「すごいです、ロッドさん！　どんどん高くなっていきます！」

ポーションで筋力を強化したおかげで体が軽く、ぐんぐんと勢いよく登れる。

だが、一部のダイヤウルフたちは、まだ追ってきている。

「ダイヤウルフたちを落としたいんだけど、メリア、魔法使える？」

「やってみます！」

俺が渡した《火》の魔法石を握りながら、メリアはウルフたちに向けて手を掲げる。

しかし魔法陣は出てこない。

「使えません！」

「わかった！」

お父さんは魔法を使えるんだけど、メリアにはまだ無理か。

ならこのまま振り切るしかない！

俺はさらにスピードを上げると、ダイヤウルフたちは登れる限界が来たのかあきらめて木から下りていく。落ちたら確実に全員ペシャンコになるような高さまで来ると、ようやく巣が見えた。

ヤウシャッガイは、ここから見る限りでは巣にはいない。チャンスだ。俺たちは巣まで一気に登り切った。

「あ、危なかった……」

さすがに寿命が縮んだ思いだ。巣に登ったところでもう一度確認するも、ヤウシャッガイはいない。ポーションの効果はまだ切れていないし、案外余裕だったな。

「メリア、下見たらだめだよ」

「わたし、高いところ平気ですよ！」

巣は幹に張りついた鳥の巣のような蜂の巣のような塊である。人が乗れるほど巨大ではあるものの、当然不安定だ。

周囲の木々も巨大で、ぞっとするような眺めだった。

「涼《すず》しくて、お弁当を食べるにはよさそうですね！」

「ここがモンスターの巣じゃなきゃね！」

すぐ真下は——とてもじゃないけど長い間見ていられない。足すくんじゃう。

でもダイヤウルフの様子を見るために少し見下ろす。さすがに追ってきてはいないが、まだ木の根元をうろうろしている。

それからメリアの宝物を探す。巣には、光り物がたくさんあった。壁を作るように巣の表面に埋め込まれている。宝石やアクセサリーなんかもある。その中に、金の鎖の瀟洒《しょうしゃ》なネックレスがあった。小さな緑色の宝石も三つついている。かなり高価そうだ。

「ありました！」

メリアはそれをナイフを使って巣から丁寧に取った。

「ロッドさん、ありがとうございます！」

「よかったよ。よっぽど大切なものなんだね」

「はい。死んでしまったお母様の形見ですから」

「そっか、そうだったんだ……」

サフィさんも事情がわかっていたから、これが盗まれたときに血相を変えていたし、メリアがついてくると言ったときも、ものすごく反対することはなかったのか。

どうしても自分の手で取り戻したい、とてもとても大事なものだったんだ。

「普段身につけずにいたことを、こんなに後悔した日はないです」

大事に持ち歩いていたのが、かえって盗まれる隙になってしまったようだ。

「……メリア、お母さんってどんな人だった？」

「やさしい人でした。わたしが小さいころに病気で他界してしまいましたが」

「お母さんのこと、大好きだったんだね」

「はい。お父様と同じくらい、尊敬していました」

ネックレスを大事そうに抱えながら、メリアは話した。

「わたし、魔法の才能がなくて、いまもまともに使えないんですけど」

「うん」

「それですごく悩んでいたときがあって、でもお母様は言ってくれたんです。あなたはあなたのペースでやっていけばいいのよって」

お父さんのロウレンス・クリムレット辺境伯といえば、魔法使いとしても高名な人物だ。

その娘が魔法を使えない……彼女が抱えるプレッシャーがどれほどだったか、俺には想像できない。

「魔法使いの先生には呆れられてますが……」

「俺もお母さんの意見に同意かな。メリアはメリアのペースで成長していけばいいんだよ」

そうだ。彼女はまだこれから成長していくのだ。使いつぶされた俺と違って、将来の可能性は、それこそ無限にある。それに、魔法以外にもメリアのいいところはたくさんあるしね。

「えへへ」

メリアは恥ずかしそうに、しかし嬉しそうに笑った。俺はそれを見てうなずく。

「ほかのものも盗品だろうからなるべく回収していくか」

たぶん辺境伯領の人たちから盗んでいったものだろう。数は多くはない。巣に埋まっている手の届く範囲のものを回収しようとしたそのとき、

「…………！」

ピクリと俺の服の中にいたニアが動いて顔を出した。目を皿のようにして周囲を見回している。

「ニアが警戒してる？」

「ロッドさん、あれ！」

「！」

いやなタイミングで来やがった。

メリアの指差した方向……そこには、侵入者を巣から排除しようと猛スピードでこちらへ飛んでくるヤウシャッガイがいた。脚の爪を伸ばしながらこちらへ迫ってくる。

「迎撃するしかないか……メリア」

「はいっ」

メリアから《火》の魔法石を受け取り、俺は魔法を発動。炎をヤウシャッガイに放つ。

が、魔法の炎は、ヤウシャッガイの黒い甲殻に阻まれ、表面をほんの少し焦がすにとどまった。

「くっ！」

さすがに、下級魔法では倒せないか……！

「どうするんです!?」

「……サフィさんには悪いけど、脱出するしかない！」

収納の魔法石から帰還の魔法石を取り出した瞬間、

「……あ」

俺はその魔法石を取り落とした。自分の体に、うまく力が入らない。

「どうしたんですか!?」

「筋力強化ポーションの副作用……」

このタイミングで来たか。

普段よりずっと強力な身体能力を得ていた反動だった。頭ははっきりしているのに、体が重く、思うように動かない。だが、それでもまったく動かせないわけではない。いつもより何倍も力を込める感覚で体を動かし、魔法石を拾って、魔力を込める。

が、なかなか魔力が入りきらない。

「これ……魔法を使うのもきつい！」

筋力強化ポーションの副作用は一時的な身体能力の低下だけのはずだった。少なくとも研究段階ではそうだったが――しかし自分の体で何度も試す時間がなかった。ちゃんと副作用を把握できていたわけではなかったらしい。こんなことなら、もっと自分の体で実験しておけばよかった。

「ロッドさん！」

「待って！　今集中する！」

俺は神経を集中させると、魔法石に魔力を注いでいく。

「急げ急げ急げ……！」

ヤウシャッガイの接近に焦燥《しょうそう》する中、ようやっと帰還の魔法石に光が灯りはじめる。

「よし！」

魔力を込めるのに少し時間がかかる上級の魔法石だけど、発動はギリギリ間に合うはず。

「あともう少しで……！」

こちらに向かって急速に接近するヤウシャッガイ。だったのだが。

それを――さらに大きい塊《かたまり》が呑み込んだ。

「なっ⁉」

それは小さめのドラゴンのような見た目の、羽の生えた細いトカゲ――ワイバーンだった。そいつが後ろからさらなる速度で滑空《かっくう》してきて、ヤウシャッガイを一息で噛み砕いたのだ。

「何ぃぃぃぃっ⁉」

小さめのドラゴンといっても、人間やヤウシャッガイよりもずっとでかい。そしてそのワイバーンは、ヤウシャッガイを呑み込みながら、滑空してきた勢いのままで、俺たちのいる巣のほうに突っ込んできた。ヤウシャッガイよりずっと速い。魔法石の発動が、間に合わない！

「メリア！」

とっさにメリアを庇うように飛び出すも——突っ込んできたワイバーンが巣ごと巨木を破壊する。

「ぐうっ！」

突き上げられるような突進の直撃を食らいながら、

「ロッドさんっ！」

俺もメリアも、大空に、完全に投げ出された。

全身に激痛が走る。帰還の魔法石は——ない。ぶつかった拍子に手を離してしまったらしい。

破壊された木々や巣の残骸《ざんがい》と一緒に、虚空《こくう》に躍《おど》る魔法石が見えた。石の中の魔力が切れて、光がゆっくり消え失せる。手を伸ばして届く距離じゃない。つかまれるような巨木も周囲にない。

メリアはまだ俺が抱き留めて、離さないでいる。目立った怪我はなさそうだけど、落ちるのなら意味はない。

「ごめん……メリア、ニア。もう、助ける手立てが——」

ヤウシャッガイを呑み込んだワイバーンが、俺たちをも呑み込もうと迫りくる。

ニアは、体を震わせながら丸くなっている。きれいな瞳が俺を見上げていたが、責めるような感じではなかった。

落ちれば地面に激突してぺしゃんこだが——その前にワイバーンに食われそうだ。

こんな状況を打開できる魔法なんて、俺は持っていない。

「あきらめないで！」

俺の腕の中で、メリアは叫んだ。

「わたしは、まだあなたを助けるのをあきらめていません！」

「何言って——いや、そもそも逆じゃないか!?」

「臣下の命の一つも救えなくて、何が主人ですか！」

反論しようとして、俺は目を見張った。

メリアがワイバーンに向けた手に、強大な魔力が集まりつつあったのだ。

「メリア!?　その魔力は!?」

見ると、彼女が持っているネックレスが、練られた魔力に反応して光っている。

お母さんの形見のネックレス——そこについていた三つの宝石。それはピカピカに磨かれた魔法石だった。

魔法石はメリアの魔力に反応して、その光を強めていく。どれだけ魔力を練ればここまでできるのかと思うほど、巨大な魔法陣が展開される。

「擦《す》り刻め！　《エア・バースト》！」

それは風の上級魔法。魔法陣からは圧縮された風が勢いよく放たれた。

「――!!」

風がワイバーンを巻き込んだ瞬間、見えない刃が広がって、その身を切り刻みながら吹き飛ばした。

「ギャアアアアッ！」

ワイバーンはけたたましい断末魔《だんまつま》の叫び声を上げながら地上に落下する。

「魔法、できました！」

「しかも上級魔法をいきなり!?」

「ずっと練習してたんです。お母様が得意だったから、わたしもって」

メリアは、しかしその目に涙を浮かべている。

「あ、あとは、えっと……落下を、どうにか……！」

彼女も手が尽きているらしく、方法を模索している。落下は継続……でも。

それだけの魔法が使えるなら――生き残れる道は探せる！

「メリア、もう一回、今のをおんなじ方向に！」

「どういうことですか!?」

「いいから！　早く！」

メリアは言われた通り、何もない空に風魔法を放つ。

そのときの風圧で、落下の方向が少し変化する。

——そこには、ちょうど池があった。

俺はメリアのクッションになるように、抱えながらそこに落ちる。

「痛《いて》え……！」

やられた傷と水面に落ちた衝撃で、背中に激痛が走る。ニアも衝撃で少しダメージがありそうだが、生きている。血が出ていようが骨が折れていようが、命が助かっていればポーションで回復できる。メリアとニアが無事でよかった。

「ロッドさん、大丈夫ですか⁉」

「平気だよ」

「よくここに池があるってわかりましたね……ここに来たのは初めてではないんですか？」

「初めてだよ。さっき巣から下を見たときに見つけてたんだ。助かったよ、メリア」

二人と一匹でびしょびしょになりながら、空を見上げた。

いや、でも、命を危険に晒《さら》してしまった時点で臣下としちゃ褒められたものじゃないけれど……

「こちらこそ助かりました。ありがとうございます！」

メリアは涙を流して笑いながら、俺の胸に頬ずりをする。

臣下を救うのが主人の務めなら、主人を助けるのは臣下の務めだ。それでも俺がもっと強く、もっと機転を利かせて判断できていたら、こんな危機はなかっただろう。

「俺は、俺の務めを果たすためには、どうすればよかったのかな……」

「ちゃんと果たしていましたよ！」

「そうかな？　本当に？」

「はい！」

俺がちゃんと務めを果たしていたかはわからないけれど……

今は、こうしてどうにか生きていることを喜ぶべきだろう。メリアの笑顔を見ているとそう思えて、俺は少しぎこちないながらも笑い返した。

「……あっ、ロッドさん」

「ん？」

「今気づいたんですけど」

「どうしたの？」

「なんか水中ですごく大きいお魚が泳いでいるような……」

「サフィさーん！　早く来てくれえー！」

その後、どうにか俺たちは生還した。


後日。

「そうか！　退治できたのかい。よかったよかった。これで安心して商売ができるよ」

サフィさんが留守にしているとき、工房に不法侵入していたエルフの商人ウェルトランさんに声をかけられたので、結果を報告した。

「露店でもかなりの店が被害に遭っていたからね。本当にありがとう。いやあ、貴君は頼りになるね」

「それはどうも」

「お礼にならないかもしれないけれど、掘り出し物が出たときは優先して君たちに売らせてもらうよ。あと、何かものを買うときはぜひ私に声をかけてくれ」

「機会があればぜひ」

市場価格の十倍とか法外な値段を請求されそうなので、たぶんこの人に声をかけることはないだろう。

「では、サフィールが帰ってこないうちに引き上げるとするよ。見つかったらまたギャーギャー言われそうだからね」

我が物顔で椅子に座っていたウェルトランさんは立ち上がった。

「あ、はい。またどうぞ、遊びに来てください」

「ああ、そうするよ……では、これからも妹をよろしく頼むよ、ロッドくん」

「はい……え、妹!?」

サフィさんのことだよな。兄妹だったのか。いや、たしかにのらりくらりとした雰囲気は似ているけど。

「ただいまー」

ウェルトランさんとちょうど入れ違うようにして、サフィさんがなぜかアララドさんをともなって帰ってくる。

「あ、おかえりなさい」

サフィさんには、異邦の入り口で起こったことについて、クリムレット卿に報告に行ってもらっていたのだ。

もしかしたらメリアを危険な目に遭わせてしまったことで、お叱りを受けたのかもしれない。

少し不機嫌だ。工房に入って、無言で椅子に座るサフィさんに紅茶を淹れる。しかしお兄さんが悪質転売ヤーか……かわいそ……いや、なんというか、とても個性的な家族を持っているな。

「何？」

「いえ、別に」

「ロッドくん、ぼくの言いたいことはわかってるね？」

ぷんすかするサフィさんに睨まれて、俺は小さくなった。やはりクリムレット卿からお叱りを受けたのか。

「今回の件、結果的に助かったし盗品を取り戻せたのはいいけど、さすがに危険がすぎるよ」

「いや、そこは申し訳なかったですけど、サフィさんだってメリアの同行を許可してたじゃないですか」

「クリムレット卿はこのことを聞いてなんて言ったと思う⁉」

「なんて言われたんですか？」

「『冒険するのはかまわないが、準備を怠《おこた》るなら行くべきではないね。だがまあメリアが魔法を使えるようになったならオッケー』だよ！」

軽っ。けっこう肯定的だった。

「さすが言うことが大物じみていますね」

「クリムレット卿自身、冒険と隣り合わせで育ってきたからね。そういう性格なんだよ」

「まあ、過保護で温室育ちにしすぎても、この辺境伯領の統治は難しそうですしね」

来客がある。ノックがあったのでドアを開けると、知らない男の人がそこに立っていた。

「何かご用ですか？」

フーリアンの住民のようである。

「このへんに、ヤウシャッガイの盗品を取り返してくれた方がいるという話を聞いてきたんだが……」

「あ、はい。うちですね」

巣のあった場所が発覚したことで、盗品はその後すべて回収されたはずだ。

「そう！　あなた方が！」

男の人はパッと表情を明るくして、両手で握手を求めてくる。

「取り返してくれてありがとう！　実は彼女に渡す結婚指輪を盗られてしまっていて……どこに巣があるかわからない以上、あきらめるしかないって言われてて……どうしようかと思っていたんだ！」

「ああ、なるほど。それはよかったです！」

貴重そうなものがたくさんあったからなあ。取り返してきてよかった。

男の人は、収納の魔法石から、野菜やらお菓子やらをたくさん取り出す。

「これ、うちの店で焼いているケーキと、彼女の家で作っている野菜なんだが、ぜひもらってくれ！」

「え？　いいんですか？」

「もちろん！　こんなお礼しかできなくてすまない！」

お菓子やケーキの入った紙箱と、採れたての野菜をもらって、男の人にお礼を言う。

「よかったらうちの料亭にも食いに来てくれ。近くの『ラッキーノール』って店なんだが、特別割引で提供させてもらうよ。じゃあまた！」

颯爽《さっそう》と帰っていく男の人。ここまで人から感謝されるなんて、思わなかった。素直にうれしいな。

結婚、うまくいくといいけど。

……話を戻そう。

「ほにはふ、ほのままれはいへはい！」

「アホみたいにケーキ頬張りながら何言ってるんですか、サフィさん」

「ごくん。とにかく、このままではいけない！　ぼくはそう思ったね！」

あなたさっきまでプンプンしてたのにすぐケーキ食ったね？

「君主の言うことは絶対だ。だから普段からしっかりと冒険の準備をしておくために――」

「いや言うほど普段冒険しなくないですか」

「ロッドくん、君を強くすることにした」

「俺を……強く？」

冒険の準備って強くなる以外にもいろいろありそうだけど。持ちものを事前に揃えておくとかじゃだめ？

「君が鍛えてアホみたいに強くなれば冒険の準備はいつでもできていると言える。こないだのようにピンチになる前にきっと問題を解決することができると思う」

「それはたしかにそうですが」

「まずは空から落ちたときにどうするか対処を決めておくのと……」

「ヤウシャッガイの巣から落ちたときの反省ってことですか。了解です」

たしかに対策は必要……いや必要か？　空から落ちること、人生であんまりなくない？

「普段からあらゆることを想定して対策を考えておけば困らないよ」

「俺に戦闘能力がないことは、今までのことですでにわかっていますけど……能力を向上させるには具体的にどうすればいいいですか？」

やはり、日々の研鑽《けんさん》で少しずつ魔力を上げていくしかないのだろうか。

「アララドに鍛えてもらうことにした」

「いや筋肉を⁉」

魔力じゃなくてか。

「ああ、そういう事情で呼ばれたのか？」

はじっこで酒を飲みながら座っていたアララドさんは、ここでようやく反応した。

「筋肉というよりは、戦闘技術をね」

そういうことか。魔力そのものを鍛えるのではなく、戦い方を覚えろということか。

「今まであまり戦うことがなかったので、たしかにそこは鍛える余地がありますす」

「心得たぜ。まあ任せときな」

「アララドさん、最近忙しそうにしてたのにいいんですか？」

「おう、少し暇ができたからな。ただ、あまり悠長にはしていられん」

アララドさんはうなずいて立ち上がった。

「六日間だ。六日でこいつを見事漢《おとこ》にしてみせる。一週間もかからねえ」

そして俺の肩に腕を回す。酒臭っ！

「頼んだよ」

サフィさんの言葉を背に受けて、そのまま俺とアララドさんは工房を出た。

「たった六日でアララドさんの戦闘技術が身につけられるんですか？」

「え？　ああ、まあ、そうだな、ある意味オレの戦闘技術だ」

ある意味って何？　そのまんまの意味じゃないの？

「聞けいロッドよ！」

アララドさんは教官っぽく胸を張る。俺は背筋を伸ばした。

「はい！」

「このへんは寂《さび》れたところでな、おねーちゃんと飲んだりエッチなことができたりするお店なんてどこにもない」

「藪《やぶ》から棒《ぼう》になんの話ですか？　それ戦闘に関係ある？」

「だがしかし！　あそこならなんでもある！　そう、異邦ならな！」

「モンスターだらけの森の中にそんなものあるわけないでしょうが」

「だからこそあるんだよ」

「……？」

「異邦一帯はいわゆる無法地帯だ。強力なモンスターもいれば敵対部族もいれば違法な商売をやっているところもある。異邦だけにな。がはは」

このよっぱらいおじさん、どうにかしてくれ。

「なんでもありだから、その周辺に住んでいる少数部族の異邦の民たちが非公式に娼館をやっている場合もあるってわけだ。異邦の民の里自体がそういう商売を生業《なりわい》としているところもある」

な、なんかドキドキしてきた。

アララドさんの言いたいことが少しわかってきたぞ。

「そういう経験はあまりないだろう、ロッドよ」

「あまりというかまったくないです」

「ならば重畳《ちょうじょう》！　漢になって一皮剥《む》ければ女の一人や二人だって守れるようになるってわけよ！」

「な、なるほど！」

何が「なるほど」かわからないが俺はうなずいた。

「好みはなんだ？　ダークエルフか？　ドリアードか？　獣人か？　とにかく男の戦闘力を上げに行くぞ！」

「了解です！」

そういうことで俺たちは再び森の中へ足を運んだ。

……美人のお姉さんとエッチなことができるお店を求めて異邦の森の中へ来た。そこまではよかった。

「アララドさん」

「おう、どうした」

「ポーションが切れました」

「薬草取ってこねえとな」

「ええ、そうですね」

俺は絶望的になりながら前を向いた。

「――このモンスターを倒してから」

俺たちの前に、二階建ての家くらいはあろうかという巨大なゾウみたいなやつが立ちはだかっていた。目が六つあり、反《そ》り返る牙が剣のように鋭くとがっている。

「グオオオオオオオンッ」

そいつが後ろ脚で立ち上がって咆哮《ほうこう》し、俺たちを威嚇している。

勢いでついてきたものの、道が険《けわ》しすぎた。俺たちは何度目かわからない巨大モンスターとの戦闘に臨んでいた。

初日の明け方から歩き通しで、もう三日。進み、戦い、進み、戦いの繰り返し。

異邦の中に本格的に足を踏み入れたのは初めてだし、ここまでの激しい連戦も初めてだった。

決して舐《な》めてかかっていたわけではなかった。モンスターの恐ろしさは俺だってわかっている。

しかし、その想定の数十倍は過酷だった。多めに用意していた回復ポーションが底を突くほどに。

「うおおおおん……」

巨大モンスターを前に、俺は泣いた。

「くじけるな！　お前リクエストの、ダークエルフの女の子がいっぱいいるお店はもうすぐだ！」

「りょ、了解です！」

もうそれだけをモチベーションにしてがんばっている。下心は偉大である。

ここまで来たらどうしても目的地までたどり着きたい。

――そうだ。俺たちは、こんなところで立ち止まっているわけにはいかないんだ！

「アララドさんは見ていてください。こんなところで体力を消耗する必要はありません。俺が一人で倒します」

ポーションの切れた今、戦闘力の高いアララドさんはなるべく温存していかなければならない。

「あれを一人でやれるのか？」

「やってみます！」

俺は収納の魔法石にしまっていたビンを取り出し、モンスターに向けて放り投げた。

ビンはモンスターにぶつかり、パリンと割れて、中の液体がモンスターにふりかかった。モンスターは、一瞬ひるむ。

「何をした？」

「ポーションの試薬を投げました。昨日、野宿したときに調合してみたんです」

「回復させてどうすんだよ！」

「いや、回復系のポーションじゃなくて」

強化ポーションを応用して調合したのだ。強化が可能であれば、劣化も可能ではないかと。

実際、そういうことを記述している魔法書はいくつか存在している。毒を調合したほうが手っ取り早いため、主流にならずに薄れていった技術だが……そのへんにある野草でも調合できる利便性があった。資源が豊富にある異邦や辺境伯領周辺なら、材料の調達は毒を調合するより容易だ。

「『身体劣化ポーション』──手数は多いほうがいいと思って、作っておいたんです」

液体を浴びて、モンスターの動きが鈍《にぶ》っている。効果あり……と思いたい。

「おお、いけそうじゃねえか！　しかし弱ったとはいえ、半端な攻撃は効かねえぞ」

「ならば、半端じゃない攻撃を見舞うしかないです……！」

俺は収納の魔法石にしまっていた魔法書を取り出した。全財産はたいて買って、使えないまましまっていたとっておきだった。

「──今の俺なら、使える気がします」

六つ目のゾウが俺を敵と認識し、突撃してくる。

「────！」

俺は魔法書を手に、詠唱を始めた。

思えば、俺自身、攻撃魔法を覚える余地はまだ残っていた気がする。その時間をポーションの生産と研究にあてていただけだ。殻《から》を破るべきは、まさしく今なのだと確信していた。

戦闘のさなかで、しかし俺の頭は冴《さ》え渡っていた。

冷静に心を落ち着かせ、そして集中する。

いまだかつてないほどの精度で、魔力が練られていくのを感じる。

今まで出会って、関わってくれたすべての人たちに、ありがとう。みんな、エッチなお姉さんに会いに行くよ、俺。

俺は静かに泣いた。

「泣いている場合かあああ！」

アラランドさんに言われ、魔法を発動させる。

「――灰塵《かいじん》と帰《き》せ！」

巨大な魔法陣が展開され、魔法が六つ目のゾウに放たれる。

「《ブラスト・エクスプロージョン》！」

魔法がゾウに着弾した瞬間、爆発的な炎が周囲を巻き込みながら広がった。内臓を叩くような轟音と光と衝撃が満ちた。

火種が触れた瞬間、すさまじい炎が対象を消し炭にする上級魔法。それを初めて使えるようになったのだ。

ゾウは魔法で塵《ちり》と化し、残ったのは、魔法石の材料となる上質な魔石と、炎で煽《あお》られても炭にならなかった丈夫な牙。さすが異邦、素材の質はかなりいい。

「やったな、ロッド。すげえ魔法じゃねえか」

アララドさんは上質な材料が手に入ったことよりも、俺が上級攻撃魔法を使えるようになったことを喜んでくれた。

「そんなことより急ぎましょう。森に入ってもう三日。期限まであと半分しかないです」

今回、帰還の魔法石は持ってきていない。

折り返し戻るには、来たときと同じ日数を要する。今日たどり着かないと期間内には戻れない。

「……ああ、そうだったな」

魔石と牙を収納の魔法石にしまうと、俺たちはさらに奥へ進んでいき——

やがて隠れ里のような場所にたどり着いた。

異邦の中にある集落の一つ、宿屋街エクスフロント。

そこはダークエルフだけではなく、さまざまな種族の民たちが寄り集まって作った比較的大規模な集落。そしてどの種族もお気に入りの異性と楽しむのを目的としたお宿を経営しているようだった。

異邦の民や冒険者向けに開いているお店が軒《のき》を連ねている。魔法でできたピンク色のふわふわした光が集落中を浮遊していて夜でもほんのりと明るい。

なんだかかわいい光だが、こんなモンスターだらけのところに集落がある時点で、とんでもない魔法技術でこの場所が成立していると推測できる。

「さあ、ここがオレたちの理想郷だ。たどり着くのが困難すぎて、冒険者たちのあいだじゃ幻《まぼろし》の町扱いされてる。よくがんばったなロッド」

「マジで長かったです……これ誰かの案内なしで来るの不可能ですよ」

俺たちはその中の店の一つに入っていく。

一階部分は、飲み食いできるテーブル席とカウンター席があった。テーブル席には女の子が一人ずつ座っている。皆似たような褐色の肌で、銀色の髪をしているエルフの女の子たちだ。

エクスフロントの『お店』はすべて料亭付き宿屋という形式をとっており、一人で座っている女の子のテーブル席に座りお金を渡すと、お店にいる使用人がお部屋に案内してくれる。らしい。ちなみに物々交換も可だし、女の子が許可してくれれば一緒に食事も楽しめる。

アララドさんはテーブルに座っている顔なじみらしい女の子に挨拶しながら、奥のカウンター席に座る。

「あら、アララドさん、久しぶりね」

「珍しいわね。お友達？」

カウンターにいたきれいなダークエルフのお姉さんたちは、アララドさんが席につくなり話しかけてくる。

「おう。一泊付きでよろしくな」

なんでこんなところで顔なじみなんだろうこの人。よく来てるの？

「今回は俺のおごりだ、ロッド」

そう言って、アララドさんは支払いを済ませてくれた。

「奮発するから、いい子をつけてくれよ女将《おかみ》！」

「ええ、もちろん」

女将さんはカウンター裏に消えると、やがて女の子を一人連れて戻ってきた。

ドキドキしながら待っていると、俺と年齢が同じくらいに見えるダークエルフの女の子を紹介された。

いや、ダークエルフなので実際の年齢は上かもしれないが。

「あの、シーシュです。よ、よろしくおねがいします……」

新人の子らしい。少し慣れない感じでお辞儀をした。

細身の子だった。肌の露出が激しい布をまとっていて、膨らんでいる胸が見えそうでとても官能的だ。

「こちらこそよろしくね、シーシュちゃん」

「あの、すみません」

新人のダークエルフの子――シーシュちゃんは丁寧に頭を下げた。

「私、あの、入ったばっかりで、うまくできないかもしれませんが……おにいさんに満足してもらえるように一生懸命がんばります！」

とてもいい子すぎて、まずは休みたいと思っていた俺の心が一気に吹き飛んだ。

「初めてだから乱暴なのは厳禁ね」

女将さんが身もふたもないことを言う。

「アララドさん、俺、生きててよかったです……」

「お、おう。感動してもらえて何よりだが、何もしてないうちから言うことじゃねえな」

店の奥には階段がある。一階は料亭のようになっており、二階は宿屋らしく宿泊できる部屋になっているらしい。

下働きらしいお姉さんが先導するように、俺たちを奥へ促した。部屋に案内してもらうため進もうとすると、シーシュちゃんと女将さんがなぜかドアのほうを見た。

「どうしたの？」

そう聞きつつ、なんか「おいいいいい！」聞いたことのあるような声が遠くからする。

おかしいな。幻聴かな。

不思議に思っていると、ドアが破壊する勢いで開き、一人のエルフが突っ込んできた。

「おい」

サフィさんだった。

「ロッドくん、何やってんの？」

静かに怒っている。

「げっ、やべっ」

血の気が引くアラランドさん。

「ちょっと待ってくださいサフィさん。これは俺の男の戦闘力を上げるということでアラランドさんに一肌脱いでもらっていて……」

「いやただの女遊びじゃないの！　冒険の準備どこいった⁉」

「……え、あ、そ、そういえば」

そういえば当初の目的は普通の戦闘力を上げることだった。道中生き残るのに必死で忘れていた。

いや、でもここで引ける？

「ひえっ！」

「エルフよ！　エルフが出たわ！」

まるで虫でも入ってきたかのようににわかに騒ぎ出すダークエルフのお姉さんたち。

「うるさい！　ぼくだってこんなところ来たくなかったわ！」

エルフとダークエルフは仲が悪いらしいと噂では聞くが、本当だったようだ。

「よりにもよってダークエルフの店なんて……いやダークエルフじゃなくてもどうかと思うけど」

サフィさんはぶつぶつつぶやいたあと、アララドさんに向き直った。

「さあロッドくんを返してもらおうか、アララド」

「おいおい、せっかく苦労してきたのに何もせずに帰るってこたないだろ。もう金払ったんだぞ」

それはそう。

「あとロッドはオレのおもちゃだ。まだ教えなきゃいけない男の世界が山ほどある」

いや俺はアララドさんのおもちゃじゃない。ていうかそんな認識だったの⁉

「それは違うね」

サフィさんも反論してくれる。

「ぼくのおもちゃだ」

それも違うね！　なんか根本的に俺の扱いを勘違いしてないか、この人たち！

「これのどこが戦闘力の強化なのか納得のできる説明をしてもらおうか？」

「そもそもサフィよ、お前今までずっと見てたのか？　暇なのか？」

「確認したのはついさっきだけどね。どうなってるか魔法で追跡してみたらこのざまだった。ただれたおっさんの趣味に付き合わされてただけなんてね。時間の無駄」

「あ？」

「何か？」

異邦のモンスターにも浴びせないようなバチバチの殺気を放つサフィさんとアララドさん。

「あ、あわわわわ……」

恐怖でその場に尻もちをついてボロンボロンと涙を落とすシーシュちゃん。泣いているところもかわいいが、ときめいている場合じゃない。

「ちょうどいい。ロッドくんがどっちのおもちゃか――」

「ここではっきりさせようか」

「ちょ、ちょっと待ってください二人とも。まさかここで戦闘を始めるなんて言いませんよね⁉」

俺の制止も聞かず、二人は構え、そして激突した。

その日、俺たちはお店を出禁になった。

第五章　残されて任された結果

今朝は早くから人々が忙しそうにしていた。

「なんだ？　今日はやたら人が多いな……」

ニアと一緒に買い出しをしながら通りを見た。普段から亜人たちや領民たちで賑わっている表通りだが、今回は何か毛色が違う。都会から来たような人たちや兵士たちも多い。

「お、おにいさん……っ」

通りを歩いていると、見知ったダークエルフが胸を揺らしながら声をかけてきた。

シーシュちゃんだ。

「あれ？　シーシュちゃん？　なんでこんなところに？」

「実は娼館をやめて出稼ぎに来たんです……あれから怖くなっちゃって」

「そうだったんだ」

サフィさんとアラドさんがお店で喧嘩しはじめた直後、女将さんが怒号を飛ばしてその喧嘩を一瞬で止めた。

さすが、異邦にお店を構えるだけあって女将さんも只者《ただもの》ではなかった。ちなみに俺も怒られた。

一部始終を目《ま》の当たりにしたシーシュちゃんは怖くなり、その後仕事をやめてしまったらしい。

料亭ラッキーノールに入ってお茶をしながらその話を聞いたが……俺らのせいで職を失ったのか。

「なんか、ごめんね」

「い、いえっ、もともと続けるような根性はなかったんです。一人もお客をとらずにやめてしまったので、お店には申し訳なかったですけど……」

今は近くの農場に出稼ぎに来ており、俺と同じく買い出しをしているところらしかった。

「アルタット農場っていうんですけど、突然頼み込んだ私に大変よくしてくれて……これでどうにか生きていけるような気がします。こういうほうが、私には合っている気がするし」

なんだか大変な人生を歩んでいるな、この子。

「何か困っていることがあったら言ってね。力になるから」

「ありがとうございます！　知っている人がいるってだけでも心強いです……！　おにいさんのお連れだったお二人は、実を言うと思い出したらまだ怖いんですけど……きっと時間が忘れさせてくれると思います」

シーシュちゃんのことは、サフィさんとアララドさんには黙っていたほうがいいな。

「おにいさんも何かあったら、私にできることなら力になりますので……！」

「ありがとう、シーシュちゃん」

アルタット農場……時間があるときに見に行ってみようかな。

お茶とお菓子だけつまんでから、二人で料亭を出る。お互い買い出しの最中なので長居はできない。

「あの、ところでその白いふさふさの子は……」

シーシュちゃんは俺の足元についてきているニアを見つけて言った。

「ああ、うちで飼ってる猫だよ」

「ね、ねこ……⁉」

まあ角生えてるし、鳴き声も微妙に違うけど。

シーシュちゃんはニアを不思議そうな目でまじまじと見る。

「猫、なんですか？」

「わかんないけど、そういうことにしてる」

「……えっと、そうなんですか。外の動物に『猫』というのがいるらしいことは聞いたことがありますが」

「ああ、異邦から出てきたばかりだから初めて見たんだね」

「農場で犬ちゃんは見たことあります。猫ちゃんを見るのは初めてです……」

シーシュちゃんはニアをなでようと手を伸ばし、ニアに「フシャー！」と威嚇されてびくりと手を引っ込める。

「ひん……」

「こら、ニア！」

「この子、異邦由来の魔力を持ってる気が……しかもかなり、えっと、大きな」

「そうなの？」

そういえば、怪我をして倒れていたところを助けたんだったな。異邦のモンスターだったりするのだろうか？　成長したら家よりでかくなるとか。まさか、そんなこともあるのか？

「ニア、お前……」

俺はニアをじっと見た。

ニアは、なんか顔をそらしているように見える。

「俺たちを食ったりしないよな……？」

「ニ、ニエー」

俺たちを食うために一緒に行動している可能性が出てきたが、そこでニアから抗議の鳴き声が上がった。そして俺の腹に角をぐりぐりと押し付ける。

まあ、食う気ならとっくに俺たち食われているだろうしな。ひとまずは大丈夫か。

買い出しから帰ってくると、

「こんにちは！」

工房にはメリアが遊びに来ていた。サフィさんも迎えてくれる。

「お帰りロッドくん。今お茶を淹れるね」

「ありがとうございます」

「なんか……ダークエルフの魔力がついてるような気がするけど？」

「気のせいです！」

何その匂いかぎ分ける犬みたいな能力。怖い。

「お嬢、今日はお友達も一緒みたいだよ」

メリア、お友達と遊んでいたのか。ほほえましい気持ちで紅茶を口にして、その友達を見る。

「おじゃましてますわ」

「ブー！」

俺は紅茶を噴いた。オズ・トリニティ嬢がそこにいたのだ。

彼女は少女怪盗オジサンとなり、一度俺たちと対決したことがある少女である。メリアと友達だったのか。びっくりした……

「ロッドくんは初めましてだよね？」

サフィさんは俺に尋ねる。

「初め、まして……ですね。初めましてです。よろしくどうぞ」

サフィさんは気づいていないのか？　いや、声がそのまんまだから気づいているような気がする。

とにかく、今はオジサンではなく貴族の令嬢だ。俺も普通に対応せねば。

「なんかクッキーでも焼きましょうか？」

「お気遣い痛み入りますが、持ってきていますわ」

テーブルには、たくさんのお茶請《ちゃう》けが並んでいた。

「ロッドさんもこっち来てください！」

別のテーブルのはじっこで所在なく紅茶をすすっていた俺を、メリアは手を引きながら誘導する。

「いや、俺なんかが女の子たちのわちゃわちゃしてるところに行ってもしょうがないから……！」

しかし、メリアは俺の腕に抱きつきながら引っ張っていく。

一緒に異邦の入り口まで冒険した日から、なんだかメリアはさらに俺に懐いたような気がする。

「信じられませんわ。どうして部屋の隅で一人お座りになっているのかしら」

オズにも言われるけど、お友達同士で話してるんなら俺いらないだろ。

「隣にお座りなさいな」

二人に誘導されて、俺はオズとメリアの間に座らされる。

両隣を貴族のお嬢様に挟まれる。何これ。

「あ、オズちゃん、リボン似合うね」

今さらだけど、オズは今日は頭にリボンを付けておめかししている。

「と、当然ですわ！」

気丈にふるまおうとしているが、けっこう照れているらしい。

「かわいいですよね！」

メリアはめったに会わない友達と遊べて超ごきげんだ。

「今日は精霊は？」

俺がこっそり尋ねると、

「ドロシーと呼んで。ちゃんといますわ」

オズはスカートを指差した。黒雲化した水の精霊はドロシーという愛称があるらしく、今はスカートの内側に隠しているようだ。なるほど。

「今はドロワーズになってますわ」

精霊の召喚は、基本的に精霊に認められないとできない。貴族に魔法の才能があることは珍しくないが、精霊を呼び出し使役《しえき》できるというのはよほど特別な才能だろう。

「そういえば、オズちゃんはスギル伯領ウエーリ出身の名門貴族だよね」

紅茶のおかわりを運んできてくれたサフィさんが、会話に入ってきた。

「ええ。そうですわね」

……まさか、ここで少女怪盗オジサンの話題を出すのか？

「お父さん元気？」

違った。

「ええ、今はクリムレット辺境伯にお会いしていますわ」

「じゃあぼくもそのうち挨拶に行こっと」

会話は普通だった。すごい。正体のこと、わかってるのかわかってないのか全然わからん。

「でもなんでお父さん……スギル伯領軍の最高司令官がこんなところに？」

と、サフィさんは続けて質問する。

「さあ？　お父様に聞いても教えてくれませんの」

スギル伯が所有する軍の大将軍だったのか。たしかにそう考えれば、オズのあの強さは納得かもしれない。

いや、そんな大貴族の娘がよく夜自由に出歩けたな。放任主義なのかな？

「ちょっとお邪魔するよ」

そこに、さらに来客がある。

メリアのお父さん、この領邦——辺境伯領を治めるロウレンス・クリムレット辺境伯である。

「あら、珍しいね」

「やあ、サフィちゃん。ちょっとロッドくんに用があってね」

クリムレット卿は笑顔で工房にいる俺たちに挨拶をする。

「俺に用なんですか……？　サフィさんじゃなく？」

「そうそう。ちょっと今、周囲の領邦の領主とかエルフの里の長《おさ》とか集めて茶話会《さわかい》を開いてるんだけどね」

「はあ」

そのラインナップはどう考えても茶話会の域超えてますよね？　あと、それを俺に言いに来るって……なんか、とてつもなく嫌な予感がするんですが。

「ロッドくん、君、そこに出席してみない？」

ほらあ！

「俺がですか？」

「『規格外の最高品質ポーションを日に五十本も作る面白い人材をスカウトしたよ』ってみんなに話したらぜひ会いたいって言われたんだよね」

なんでそんなこと言うの！

「い、いいですが、俺なんかがそんな会合に出席したりして失礼になりませんか？」

「質問されたことに答えてくれるだけでいいよ。出てくれないだろうか」

地方領主たちが集まる談合に、クリムレット卿が自ら頼みに来る。

こんなの断れるはずない。

「わかりました」

……けれど、なんでだろう、なんとなく、とても不穏な感じがするのは。

すぐに会議室のような広間へ連れていかれた。円卓には周辺領主や異邦の民の代表たち。

スギル伯領の領主――アンニーニ・スギル伯。スギル伯軍の総大将であるオズのお父さんのトリニティ将軍もいる。

マーカス伯領の領主――アザー・マーカス伯。

城塞《じょうさい》都市ヴェルドリンの総帥《そうすい》――イコラ・ランドラック城塞伯。

その横には、獣人たちの集落をまとめ上げているオルガ族長。

ドワーフが作った独立鉱業都市ストレイトのストレイト市長。

そしてエルフの長の席にいたのは――

「やあ」

ウェルトランさんだった。

「なっ⁉」

ウェルトラン・ガルニック・ウィンザルド・ユグドラシル。サフィさんのお兄さんである。

「言うの忘れてたよ」

なんでそんなところに！　と言おうとしたら先に答えを言われた。ていうことは、サフィさんは長の妹さんだったのか。いや、そんな只者じゃないお兄さんが、なんで転売ヤーなんてやってるんだよ。おかしいだろ。

「いつぞや君が見たのは、外貨を稼ぐ練習をしてる仮の姿ってやつだね。辺境伯領を除いて、異邦の民の進出は限定的で、王都でもごく一部に留まっている。人間たちと私たちがもっと仲良くする

ために は、世界のいろんな経済や社会を知る必要があるのさ」

でないと心ない人間に食い物にされるだけ、ということか。

亜人の中でも異邦出身の異邦の民は人間社会を知らないため、溶け込めないでいる。奴隷として闇市《やみいち》で売られる、というケースもある。相手に舐められないためには、相手をちゃんと知らなきゃならない。ウェルトランさん、苦労してそうだな。

……まあそれはそれとして、凶悪な転売価格の設定はやめたほうがいいと思うけど。

「――サフィール魔法工房所属のロッド・アーヴェリスです。よろしくお願いいたします」

俺は室内の領主たちに向けて挨拶して頭を下げる。

「楽にしたまえ」

「はっ」

スギル伯に言われ、俺は騎士団にいたころの様式で休めの姿勢をする。

「魔法薬術師ロッドよ、貴殿に問う。直近までの王国内および王都の防衛状況を一兵士の立場から見てどうだったか」

オズのお父さん――トリニティ将軍に聞かれて、俺は答えた。

「王都の防衛状況、ですか？　問題はなかったかと思いますし、私がいたときはモンスターの討伐はあっても他国から攻められたことなどなかったかと」

「なるほど」

「その、言いにくいんですが、王国が他国から侵略されたんですか？　その防衛のための戦ということでしょうか」

「実は、王都が蛮族の侵攻によって陥落《かんらく》しかけている。これから防衛作戦を始めるにあたって、より正確な状況の把握が必要と判断した」

「王都が!?　なっ、なぜ!?　周囲の主要な砦には王国騎士団の各大隊が常駐してますし、そう簡単に落ちるなんて……！」

「細かい経緯は不明だ。だが、突然王都にオークの大群が押し寄せてきたらしい。一時王城内にも侵入されたようだ。今はやや押し返しているが、王国軍は籠城《ろうじょう》戦の様相で、依然として王都の大部分は占拠されたままだ」

王都にって……どうしていきなり国の中枢《ちゅうすう》にオークの大群が？

「おおかた、王都につながる帰還の魔法石を敵の目の前で発動させた馬鹿がいたのだろうよ。それを通ってオークどもが王都に押し寄せてきた」

トリニティ将軍は考えながら言った。

「そ、それにしたって、そんな、急な……」

「ともかく、我々は戦力を結集して王都奪還を遂行《すいこう》せねばならん」

「わ、わかりました。私にわかることであれば、なんなりと」

俺は、その場で王都の様子や防衛体制などを事細かに報告した。

「……ふむ。では、王都周辺所領および異邦の民の友好部族の連合軍による王都奪還および敵性勢力の討伐について、さらに作戦を練りたいと存じます」

と言ったトリニティ将軍に、

「長いからもう少し短くせんかね？」

ランドラック城塞伯が指摘した。

ピクッ。ウェルトランさんの体が少し反応する。

「ではこの話し合いの中では奪還作戦と省略させていただきます」

皆さんがうなずく中、ウェルトランさんだけが全力で下唇を噛んで耐えていた。クリムレット卿はそれを心配そうにちらちらと見ている。

いや、それは略称に入れなくていいから落ち着いてウェルトランさん。

そして話し合いはさらに続き——日が暮れてしばらく経ったころに会議は終わった。

俺は非戦闘員だから戦闘には参加しないが、引き続きポーションを増産することになった。

王宮の庭師のおじさん……大丈夫かな。

会合が終わり、部屋を出るとき、

「連合軍の指揮は、私が執ることになった」

とクリムレット卿は言った。

「護衛にアララドを連れていくつもりだ」

「はあ」

「だからって、残された君たちが手持ち無沙汰になることはない」

「……王都からの避難民の受け入れと、怪我をした者の手当ですね？」

「いや、それはほかの者に任せる」

違うんかい。

「君は、いざというときのためにメリアに魔法を教えてあげてくれないか」

「俺がですか？」

メリアが魔法を使えるようにさせた実績があったからか。

俺が教えなくても、彼女はおそらく俺より強力な魔法使いになりそうなんだが。

「ロッドくんには、正式にメリアの魔法教育係を命じるよ。ぜひとも娘を成長させてやってくれ」

命令で来た。

「りょ、了解しました」

大変なことになった。先生なんてやったことないぞ。できるのか？　俺に。

「それは面白そうですな」

俺とクリムレット卿の話を聞いていた人物が横から言葉を挟んできた。

オズのお父さん……トリニティ将軍だ。

「ロッドよ、俺も連合軍の副指揮として、クリムレット辺境伯のお供をする。しばらくオズを置いていくから、オズのことも見てやってくれんか」

「!?」

精霊使いに俺が教えるようなことなんて何もないですが!?

「おっ、恐れ入りますが、どういった理由でしょうか。お嬢様にはさきほどお会いしましたが私では力不足かと――」

断る前に、トリニティ将軍は言う。

「娘のオズは最近夜遊びを覚えたらしくてな、やめさせたいんだがうまくいかん。魔法の練習もせずに家を抜け出して夜な夜な遊び歩いておるようなのだ。本人は気づかれておらんと思っているが、親からしたらすべてお見通しよ。サボり癖がついている上、魔法の腕は未熟なままなのだ」

お父様、オズが《精霊魔法》を使えるのをご存知ない!?　彼女めちゃくちゃ魔法使いとして大成してますが!?　オジサンとしてだけど!

言えない。娘さんがオジサンなんて言えない。

「ああ、それは大変だね。うちのメリアも気をつけなければ」

クリムレット卿はお父さんとして親心全開だった。

「まあそういうわけだ。俺が帰ってくるまでに、オズの夜遊びの更生とまでは言わんが、魔法の腕を上達させてくれたら助かる」

いやいやいや。夜遊び癖の更生のほうがずっとマシなんですが？

「頼まれてくれるか？」

断れるわけねえ。俺はうなずいて一礼した。

「承知しました。クリムレット辺境伯、トリニティ将軍、両名のお子さんは私が責任を持って魔法使いとして成長させてみせます！」

うむ、とお二方は満足げにうなずいた。

「成長してもらえるよう善処します」とかのほうがよかったのではないだろうか。

思いなおしてももう遅い！　やるしかねえ！

戦の準備が整うまではポーションの生産に専念する。二人の教育は連合軍が王都へ出発してからだ。

そして、まもなくして、連合軍が王都奪還へ向かう日がやってきた。

‡

ポーションを生産しながらいろいろと悩んだけれど、何をどう教えていいかわからない。これはとても問題である。

俺の魔法の力なんてたかが知れていて、教えるほどの実力を持っていない。

成果が出なかったとき、俺はどうなるかな。打ち首とかあるかな。失望されるのは間違いない。

「ハァー、ハァー……スゥウゥー」

緊張を和らげるために、俺はニアを吸った。

「………」

ニアは呆れたような顔でなすがままにされている。

「がんばってね」

工房にいたサフィさんに言われる。

「そもそも教えるのならサフィさんのほうがいいのでは？」

「あー、ぼくはね、だめなの。エルフと人間じゃ魔法の使い方が違うから」

「どういうことです？」

「人間は『感覚で』『魔法石なしで』『なんとなく』魔法撃てる？」

「撃てないですね。理屈と理論をまず勉強しないと」

「エルフなら生まれたときからできる」

「そういうことですか」

俺は納得した。

「魔力を自在に操れること前提だから、それができない人間は最初でつまずいちゃうってことですね」

「そうそう。魔力のコントロールから教えるとなると、ぼくはどうやって説明したらいいかわからないの。感覚でできるから。人間だってどうやって肺で息してるのって魚に聞かれても答えられないでしょ？」

魔法力の次元が違いすぎる。まあ、サフィさんが適任ならクリムレット卿は最初からサフィさんに頼んでいるだろうしな。そうじゃないってことは、彼女の言う通りなのだろう。

あとサフィさんは、たぶん教えるのはうまくないのではと思う。

「『バーッてやるとデンとなる』とかじゃ誰もわからないでしょうしね」

「君、ぼくのこと馬鹿にしてるね？」

「……そういえばエルフの長の妹だってこと、初めて知りましたよ」

「教えてなかったからね」

サフィさんは飄々《ひょうひょう》としている。

「まあ、かといって今はクリムレット辺境伯の下で働くただの役人もどきだから……里のことは全部ウェルトランがやってる」

「天下りみたいなものだったわけですね」

「君、やっぱりぼくのこと馬鹿にしてるね？」

じとっとした目で見られたところで、メリアとオズがやってくる。

来たか。俺はもう一度ニアを吸って備える。

王都奪還に向かったアララドさんや連合軍のことも心配だが、俺は俺の仕事に集中しよう。残された者には、それしかできない。

やってきた二人は、元気よく挨拶した。

「よろしくお願いします、ロッドさん！　お父様が帰ってきたら、成長したわたしの姿を見てもらうんです！　それに、お父様がいない間の領主代理として、しっかり領民を守れるようになりたいんです！」

「ロッド様……やはり只者ではありませんでしたのね。お父様が直々《じきじき》に魔法の指南役に指名されたのは、わたくし以上の実力をお持ちだからということですか。得心しましたわ。だからこそ、任せられます」

「アッ……ハイ」

お願いだからガンガンにハードル上げるのやめて！

俺はとりあえず魔法石の基本から教えることにした。

魔法石はさまざまな魔法効果を封じ込めた魔石の加工品である。下級の魔法石は日常的に使われるから、方法を知っていたら魔法使いでなくても使用できる。魔法の詠唱を省略できる魔法石は、今の人間社会には必須だし、これからも主流でありつづけるだろう。

しかし中級から上級の魔法石は、必要魔力が大きいため訓練された魔法使いだけが使用可能だ。

上級魔法石は魔力を込めるのにも時間がかかるが、それでもその魔法を詠唱するよりは早い。難しい魔法の魔法石でも、何度も練習すれば慣れてくる。ようは反復が大事なのだ。

「そんなわけで、あるものを用意したよ」

俺たちは外に出る。

工房の裏の林に、俺は二人を案内する。

俺は木材を切り出して、あらかじめ的《まと》になるものを作っていたのだ。モンスターの形をした精巧な的だった。そしてそれをたくさん、そのへんの木の枝とかに紐《ひも》で吊るしておいた。

土壌強化ポーションの散布装置を作ったのもそうだし、俺は思いのほか器用だったらしい。

「じゃあ、これから目標に向かって的当てを――」

瞬間、魔法の光があたりを包んだ。

オズが《放雷》を、メリアが《エア・バースト》をそれぞれ放っていた。

「す、すごーい……」

夜なべして作った的がすべて破壊されていた。黒焦げになったりバラバラに切り裂かれたりしている。木ごと。

オズならまだしもメリアもすでに俺より強くない？　子どもの成長って早いなあ……一瞬だもの。

「ロッド様のお考え、感服いたしましたわ」

俺があっけに取られていると、オズは感心して言った。

「魔力は十分なれど、わたくしたちには経験が足りない、ということですわね」

メリアもそれにうなずく。

「これで第一関門突破ですか⁉」

「そ、そうだね」

スゥウウウウ……俺は近くにいたニアを持ち上げて、ふあふあの毛並みに顔を埋めた。

感服してるのは俺のほうだった。がんばれ俺。先生の威厳《いげん》。

……二人の魔力は十分すぎるほどある。別に攻撃力を底上げする必要はない。才能もある。

十分な部分は誰かが伸ばす必要なく勝手に伸びていくものだ。というか俺には伸ばすのは無理だ。

――そうだ。この二人には、まだどこかに『伸びしろ』が残っているはずだ。それを探せばいい。

「メリアは《エア・バースト》以外の魔法石は使える？」

「……！　いえ……使えないです」

「下級の魔法石も？」

「はい」

なるほど。どうりで小さい的にも上級魔法の《エア・バースト》を使っていたわけか。

「オズは？《精霊魔法》以外は使えるの？」

「魔法石なら使えますが……《精霊魔法》が使えれば十分ですわ。それが一番威力が高いのですもの」

「……なるほど。課題が見えてきたよ」

俺は二人に向き直った。

「じゃあ、これから俺と二対一で模擬戦をしてみよう」

提案すると、二人から驚きの声が上がった。

「えっ!?」

「あら、よろしいのかしら」

冷や汗が少し流れる。

「も、もちろん」

「ロッドさんが一人でわたしたちの相手をするってことですよね?」

「そうだよ」

とはいえ、二人の戦力は俺をゆうに上回るだろう。

特にオズの戦闘力は普通じゃない。前回の対決では、俺とサフィさんとアララドさんいっぺんに相手して捕まらなかったくらいだ。

しかし自分の課題を知るには、実際に体験してみたほうが早いし身につく。問題は……

「弱点が見えているから、二対一でも戦える。二人は、俺に勝てないよ」

「言いましたわね」

問題は、俺が模擬戦闘で二人を負かせられるかどうかだ。

「もし負けたら『ざあこ、ざあこ』って煽ってもいいよ」

とサフィさんが顔を出して言った。いきなり出てきて余計なこと言わないでくれ。

「まあ、でも、そうだな、勝ったら俺が二人の言うことなんでも聞いてあげるよ」

「ほ、本当ですの⁉」

「絶対！　絶対ですよ！」

まあ、何かご褒美があったほうがモチベーションは上がるからな。しかし食いつきがいいな……考えろ。大見得《おおみえ》切ったからには勝たなければ。うまく立ち回って、二人をわからせるには——

「変則のフラッグ戦でいく」

二人に模擬戦のルールを提案した。

「俺は背中にフラッグを差して二人を攻める。二人は、陣地に差したフラッグを防衛する。フラッグを破壊するか奪ったほうの勝ちだ」

「なるほど」

「二対一の戦いとしてはそれがいいですわね」

うなずくメリアとオズ。

「フィールドはこの雑木林一帯。人家や他人に被害が及ばない範囲であれば何をしてもいい。林にあるものはすべて活用できる。地形をうまく利用するのもよし、落ちている石とかを武器として使うのもよし、だ。ただし、精霊と魔法石を除いて、自分の持ちものは使わない。あと俺は殺さないでください」

「あ、はい……」

苦笑いするメリアを見て、俺はうなずいた。

「じゃ、俺はフラッグを作るから、そっちは自分たちの防衛陣地を決めておいて。お互い準備できたら始めるよ」

「万全を期すために、魔力をポーションで回復しておいたほうがよさそうですわね」

「そ、そうだね……ちゃんと準備はしておいて」

くれぐれも俺は殺さないでくれよ！


お互いに準備ができた。

メリアとオズは防衛しやすい、少し丘のようになっている場所に陣取り、俺の作った旗をそこに差した。俺は一定以上の距離を置いて離れ、背中に旗を背負いベルトで固定する。戦闘開始だ。

「さて……行くか」

俺がいつの間にか覚えていた上級魔法《ブラスト・エクスプロージョン》は使わない。規模がでかすぎる魔法だし、手加減ができない。詠唱による時間のロスもある。

手持ちは《障壁》の魔法石と収納の魔法石。それに、詠唱すれば下級魔法くらいは使える。

……まあ、相手は上級魔法の魔法石を持っていて、そのさらに上の《精霊魔法》まで使えるわけですが。

「ニアー」

「ニアはどっか避難してて。怪我するかもしれないから」

心配そうについてきたニアを追い返す。

ニアが工房のほうに戻っていくと、俺は《障壁》の魔法石を展開。

「――――！」

にわかに、黒い粒子が波のように押し寄せてきた。薄い暗雲が、俺を包む。

「これは⁉」

間違いない。オズの《精霊魔法》。《アルティメット・サンダーボルト》――その予備動作だ！

「うおおおおおっ！」

俺は《障壁》を維持しながら後ろへ跳ぶ。瞬間、雷光が周囲にひらめいた。

「ぼ、防衛って言ったのに攻めてきた⁉」

どうにか、《精霊魔法》の範囲から逃れることができた。旗も……無事だ。

「――⁉」

動こうとしたら、足がつんのめる。避けきれていなかった。片足がマヒしてうまく動かない。

「防衛側が攻めちゃだめとはおっしゃらなかったですわよね？」

やや遠くから、オズの声だけが聞こえる。たしかに言わなかったよ、ちくしょう。

俺は足を引きずりながら低木の茂みへ身を隠す。直後、オズが姿を見せた。

どうにか、見つかる前に隠れられた。

「オズ、実はニアがまだ逃げきっていないんだ。範囲魔法は危ないからなしにしないか？」

「あら？　工房のほうに走っていったのは違うニアでして？」

うぐぐ。もうバレてる。

――でも、おかげで俺の攻め方は決まった。

「もう降参したらいかがかしら？　《精霊魔法》は死なないよう手加減して撃ってさしあげてますのよ。それはつまり、消費魔力も低いということ。連発も可能ですわ」

俺はぼそぼそ魔法の詠唱を始める。

「…………？」

「でも、このまま隠れて逃げる俺を追えるかな!?」

がさがさと茂みをゆらしながら動く。それをオズの《放雷》が仕留めた。

「いくらロッド様といえども、戦闘不能になるくらいの威力で攻撃させていただきますわ。だから――」

オズは近づいて、魔法が命中したそれを確認した。

「なっ!?」

それは的だった。最初にメリアとオズが仕留めて黒焦げにしたはずの的が――さらに黒焦げになっていた。

「なんで、さっきの的が……!?」

それを横目に、俺はさらにぼそぼそと魔法の詠唱を始める。そして、収納の魔法石から、破壊されたが形をまだとどめている的を次々に出し、それに《障壁》の魔法をかけ、

「吹き流せ……《ブレス》……!」

さらに下級の風魔法を使って射出した。局地的に突風を吹かせるだけの攻撃魔法にもならない魔法だが、それで十分。四方八方に散るよう魔力を調整して、半壊の的たちを同時に発射する。

風魔法《ブレス》は的に与えていた《障壁》の魔法に当たり、突風が的をどんどん押していく。風を受けて進む帆《ほ》の原理と同じだ。風魔法を魔法の《障壁》で受け、茂みをかき分けながら低空で吹っ飛んでいくボロボロの的たち。

「どっ、どこに!?」

オズは面食らいながら、わけもわからず周囲をきょろきょろと見回す。

ほふく前進。俺は音を立てないように気をつけ、そろそろと彼女の横を回り道気味に通過する。

彼女がわけがわからなくなるのには理由がある。やはり、俺の予想は正しかった。

オズは、精霊の力を使って魔力を感知していた。

さっきニアの動きを把握できていたのも、角に溜めている魔力に反応したからだ。

以前、サフィさんの《レーザーバインド》をひょいひょい避けていたことがあったが、それも魔

力を感知して精霊に回避してもらっていたのだ。

だからこうして、魔力のある囮を用意すれば、その魔力を感知させて注意を誘うことができる。

今、オズの感覚では、魔法の《障壁》をかけた俺が複数に分裂して逃げているように感じているはずだ。草の茂みのせいで視覚には頼れないから、そりゃ混乱する。

フィールドにあるものの使用は自由。俺が勝つには、このルールを悪用……いや活用するしかない。破壊された的はすでにフィールドに存在していた。ルールとしては、使うことができる。当の俺自身は、《障壁》の魔法をかけずに移動している。魔力を出していない人間の感知は難しいらしい。

「くっ！」

遠くに行かれる前に追撃することを選んだのか、オズは風魔法に乗って逃げていく的の一つを追いかける。

よし。足は……もう動く。いける。

俺は一気に駆け、メリアが防衛しているであろう本陣へ特攻をかける。

——空から落ちたときにどうするか対処を決めておいてと、以前サフィさんに言われたことがあった。

人生で空から落ちることはあんまりないと思うのだが、それでもいろいろ対策を考えた。

そのうちの実現できそうな方法の一つが、さきほどオズにしたみたいに、《障壁》を帆のようにして風魔法で滑空すればいいのではというものだったが……

的でやったら案外うまくいった。

しかし、人間の体重を支えられるほどのエネルギーが得られるかは微妙だ。《障壁》の形をもう少し工夫する必要があるかもしれない。まだまだ改良の余地ありである。

……メリアとオズが設定した陣地にはすぐに着いた。オズが気づいて戻ってくる前に一気に片付けなければ。

「き、来ましたね！」

正面から突っ込んでくる俺にメリアが反応する。

「ああ、来たよメリア。勝負だ」

「望むところです！」

やや遠めに間合いを取る。迂闊《うかつ》に近づいたら、メリアの風魔法を食らってしまう。

ここは魔法使いらしい真っ向勝負。適切な距離を保ったまま、正面から魔法合戦だ。それしかない。

俺は下級の土魔法を詠唱。

「圧《へ》し曲げろ！　《クレイドール》！」

大人の人間と同サイズほどの土人形を生み出して特攻させた。

「《エア・バースト》！」

が、《クレイドール》はメリアが放った風の塊に当たって、バラバラに崩れる。

《クレイドール》も基本的に生活補助用の魔法だ。動きはのろいし耐久力もない。正面から魔法にぶち当たればすぐに崩れる。だが想定内。弱いかわりに、《ブレス》と同じで詠唱時間は短くて済む。

俺の詠唱時間と上級魔法を出すためにメリアが必要とする魔力の練成時間はほぼ同じだ。だからこそ、この魔法を選んだのもあるが。

「まだまだ！」

《クレイドール》をもう一体作り特攻。しかしメリアの《エア・バースト》によってもう一体も壊れる。

再び、《クレイドール》を二体作り特攻。迎え撃つメリアは、また《エア・バースト》で《クレイドール》を一掃。俺はさらにもう一体生み出す。

「《エア・バースト》……あれ？」

魔法石は光らず、魔法陣も現れない。魔力切れである。

「よし、あとはこのままフラッグを――ん？」

同時に、俺の足元に暗雲が流れてきた。

「これは！　オズがもう追いついて――」

「《アルティメット・サンダーボルト》！」

とっさに《障壁》を張る。

が、一瞬でぶち破られる。さすが《精霊魔法》、俺が作った《障壁》なんてものともしないほど、魔法の威力が高すぎる。

「おわあああああっ！」

今度はまともに食らった！　雷光と高熱が体中を逆る中、

「――――っ」

最後に出した俺の《クレイドール》が二人の陣地のフラッグを奪い取っているのを見た。

そして俺は黒焦げになってその場に倒れた。


…………


「殺すのはなしって言ったじゃん、オズ……」

自分のポーションのおかげでどうにか全回復した俺はぼやいた。

マジで感電死するところだった……工房のソファに座りながら、俺は息をつく。

「ギリギリ死んでなかったですし、手加減はしましたわ」

これで手加減したってマジ？

「まあ、とにかく俺の勝ちだね」

ただの戦闘なら間違いなく俺が負けていたけど、今回はフラッグ戦だ。先にフラッグを奪ったのは俺である。

悔しそうな二人の前で、ふふん、と表面上は余裕を装う。

「うう……そうですね」

「悔しいですけれど、その通りですわ」

いいや、あっぶな。本当に危なかった。

「今の戦闘で、それぞれの課題はなんとなくわかったと思う。メリアは、魔力のコントロールが課題だね。俺が消費魔力の少ない下級魔法を使って、メリアの攻撃を誘っていたのには気づいてた?」

「あ、やっぱり、そうだったんですね……」

「途中で魔力が切れたんじゃない。俺に切らされたんだ。あれだけ上級魔法を連発してたら、誰でもそうなる」

「ほかの魔法も練習しないとだめなんですね」

「そうだね。強い魔法が使えるイコール強い、とは必ずしも言えない。どこでどの魔法を使うべきかの判断のほうが大事だ。なら、選択肢は多いほうがいいよね」

メリアは考えながらうなずいた。

「わたくしは?」

なんでうきうきしながら聞いてくるの。

「えっと、オズは、攻撃特化すぎるというか、《精霊魔法》に頼りすぎている。防御や日常生活で使える魔法の上達を目指そう。お父さんが納得していないのは、たぶんそこだと思う」

オズの言動と、トリニティ将軍の魔法の腕が未熟という言葉から、彼女が攻撃魔法に偏《かたよ》っていることは明白だ。基本をすっ飛ばして上達できる才能が彼女にはあるが、どこかで通用しなくなるときが来る。基本はやはり大事なのだ。

「それに、もう一つ。オズは攻めるための戦いは得意だと思う。でも、守るための戦いには慣れてないよね。今回の変則フラッグ戦はやりにくかったでしょ？　だから、たとえばモンスターから誰かを守るときにどうするのか、学ぶべきだと思う。守るための戦いに勝つには、被害を抑える戦略を考えないと」

「戦略……なるほど。あとは？　もっと叱ってください」

だからなんでそれをうきうきしながら言うの!?

「あとは……なんでお父さんに《精霊魔法》を使えることを黙ってるの？」

「むやみやたらに使うわけにはいかないのもありますけど、単純に話す機会がないんですの。いつも忙しそうにしてらっしゃるから……」

話せる時間があればすぐに話していそうだもんな。

「お父さんは好き？」

「もちろん。尊敬しています」

「ならお父さんとのコミュニケーションも課題の一つだね」

俺は一呼吸おいて、二人に言った。

「では、今日はここまでにして十分に休んで。練習用のメニューを考えるから、明日から一緒にやっていこう」

「はい！　でも、まだ終わりじゃないですよ」

「えっ」

二回戦目とか、俺、絶対勝てないぞ。自信がある。

「何か忘れてないですか？」

メリアに聞かれたけど、なんだろう。今日考えていた予定はすべてクリアした。全然わからない。

何か不足があっただろうか。オズもメリアの言葉にうなずいている。

「ロッド様が勝ったときに何するか、決めてませんでしたわよね」

「そんなこと？　別にないよ」

というか、逆ならまだしも俺が二人に何か命じるとかそんな立場じゃないだろ。

「そう言うと思ったので、わたしたちからロッドさんに、ご褒美を差し上げます！」

「へっ？」

メリアから渡されたのは、青と茶色で花の刺繍《ししゅう》がされている小さい巾着袋《きんちゃくぶくろ》だった。

「これは？」

「お守りです！」

「お守り？」

俺が聞き返すと、二人はうなずいた。

「ロッド様が気を失っている間に、二人で作りましたの。といっても、魔法使いの作るお守り《チャーム》ではなく、効力のないただの飾りですけれど」

巾着の中を見てみると、二人が持っていたらしいリボンをかわいらしく飾り結びにしたようなものが二本入っていた。それぞれにサインも書かれている。

「ありがとう……かわいいお守りだね」

「親愛の証なので、なくさないでくださいね！」

それからお礼を言って、二人は照れながら仲睦《なかむつ》まじそうに一緒に帰っていった。

「かわいい褒美をもらってしまったな……」

贈りものなんて、いったいいつぶりだろう。ちょっと涙ぐんでしまった。

「おつかれさん」

サフィさんは、なんかしきりにかけているメガネをかちゃかちゃしながら、俺の背後から現れた。

「いやあ、見事に感電死寸前だったねぇ。戦闘経験が未熟な子ども相手に。危ない危ない」

あ、これはからかいに来たな。わざわざ。

「ふーん、何か言いたそうですね、サフィさん」

俺が不遜《ふそん》な態度で言うと、サフィさんはニヤニヤしながら俺の頬っぺたをつんつんした。

「ざあこ、ざあこ～」

イラッ。

「――ロッドくん」

俺をからかっていたサフィさんが、ふいに工房の窓から空を仰ぐ。

「なんです？」

またなんかふざける気だろうと思い、特に相手をする気もなく返す。

「空、見て！」

やけに深刻そうな声色に、俺はサフィさんの視線の先を見た。

ヤウシャッガイ。

メリアのネックレスを盗んだ異邦の虫。

それが二十体はいるだろうか。群れを成し、突如としてこちらに飛来してきたのだった。

第六章　求める者

ニアが工房の隅で震えて丸くなっていた。

異邦からやってきたと思われるヤウシャッガイが、突如フーリァンを襲った。

今度は宝飾品目当てではない。明らかに、領民に襲い掛かっている。

空から急降下し、道行く領民たちをついばむ。ところどころから悲鳴が上がっていた。

「なんで、こいつらが!?」

「そんなことはいい。まずはメリアたちの安全を！」

そうだ。メリアとオズは、この工房から出ていったばかりだった。

無事に屋敷についていればいいが、途中で襲われている恐れがある。

「わかりました！」

俺はうなずいた。最優先するべきは、主君の娘。メリアの命である。

サフィさんと一緒に、飛び出すようにして工房の外に出る。

メリアの屋敷は、ここから目と鼻の先だ。俺は道を行こうとして、立ち止まった。

飛来したヤウシャッガイの一体がこちらに襲い掛かってきたのだ。

「くっ⁉」

以前、ヤウシャッガイに《火》の魔法石を使ったが、ほとんど効果がなかった。

俺の魔法だと通じない可能性が高い。

「ロッドくん！」

魔法の炎でサフィさんがヤウシャッガイを焼く。

「あ、ありがとうございます！」

燃え盛るヤウシャッガイを通りすぎて少し行ったところで、オズが膝をついているのが見えた。

「オズ！」

周囲には電撃で迎撃したのか、黒焦げになったヤウシャッガイが数体倒れている。

オズは無事のようだ。しかしメリアは――いない。

「大丈夫？　メリアは？」

「……連れ去られました」

「！」

「申し訳ありません、わたくしがいながら」

ヤウシャッガイは、一斉に空に飛び立って異邦のほうへ帰っていく。まるでやらなければならない仕事が終わったかのように。

「少々面食らってしまいました。人間がいましたもので」

「人間？　それって、やってきた虫に紛れてってこと？」

「その方が突然わたくしを突き飛ばし、メリア様をさらっていきました。そしてその方は、ヤウシャッガイを操っているように見えました」

「！」

サフィさんは周囲を警戒しながら、

「追おう。まだ遠くには行っていないはずだ」

俺たちに言った。

「あ、あれです！」

追うまでもなかった。そいつは、倒された虫の陰に隠れて、そこにいた。少し距離がある。けど、魔法で攻撃できる間合い。フードを目深にかぶった人物がメリアを担いでいた。背が高く、体格がいい。腰には剣を差している。しかしその顔は、フードをかぶっているせいで見えない。

「動くな」

近づこうとする俺たちに向かって、その人物は告げた。何やらくぐもった、聞き覚えのある声だった。しかし気のせいだろう。俺に異邦の虫を操れる知り合いなどいない。

メリアが人質に取られている。俺たちは立ち止まる。

「この娘を返してほしくば、辺境伯所蔵の魔法書をすべて差し出せ」

フードの男は続けて言った。

「魔法書？　魔法書を持ってこいって言ったのか？　なぜ⁉」

フードの男は、俺の質問を無視する。

「魔法書を収納の魔法石にありったけ入れて、お前が一人で持ってこい」

と、俺を指差した。

「時刻は明日の夕刻まで。場所は、かつて宝飾品をさらっていったヤウシャッガイの巣があったところ」

「……！」

こいつ、以前、メリアのネックレスを盗んでいったヤウシャッガイと関係があるのか。

オズとサフィさんが同時に魔法を発する。電撃と炎が男に命中したとたん、男の体がはじけ――おびただしい数の小さな甲虫が翅《はね》を広げて飛び立った。そしてメリアと男の姿は、忽然《こつぜん》と消えた。

「逃げられたか」

サフィさんは口惜《くちお》しそうに言った。

周囲には、被害に遭った領民のうめき声だけが残っていた。


夜。クリムレット卿の居館で、俺とサフィさんとオズ、それに残っていた辺境伯軍の兵士数人が顔を突き合わせていた。

問題は、クリムレット卿や辺境伯軍の主力が、王都奪還へ行っている間に起こったということである。狙ってやったのか、そうじゃなかったのかはわからないが、仕掛けるタイミングとしては絶妙だったろう。

倒れていた領民たちは俺たちがポーションで治癒したおかげか、死者はいなかった。

王都奪還へ行っている辺境伯軍には、報告のための伝令をやっている。が、返事を待っている時間的余裕はないだろう。

「相手は何が目的なんでしょう？」

主力がいない間、司令官代理を任された兵士さんが口を開いた。

「魔法書と言っていたね。辺境伯所蔵の魔法書をすべて持ってこいと」

サフィさんが答えて、俺もうなずく。

「魔法書、ですか。金銭ではなく？」

「魔法使いからしたら、同じようなものです」

と俺は答えた。

「流通していない魔法書は単純に資産にもなりますから」

名のある魔法使いの研究録などは貴重品だ。そこには発表されていない魔法だって書かれている場合もある。クリムレット辺境伯の蔵書ともなれば、金銭に代えられないほど貴重であるのは自明だろう。

「現れたのは、その『価値』を知る敵だということですわね」

オズの言葉に、俺とサフィさんはうなずいた。

「それに、異邦の研究書も含まれると思う」

サフィさんは補足する。

「異邦、ですか」

「あそこではなんでも手に入ると言われているからね。『命をよみがえらせる薬草』さえあるといわれている。そういうものの探究を目的にしている可能性もあるね」

「そんな薬草が⁉」

「ま、実在してるのなんて見たことないけどね」

「なんだ……そうですか」

そりゃ、そうだよな。普通に考えて、そんな夢みたいな素材があるわけない。

「でも、やはり正体不明の異邦の話が独り歩きしているのか、根も葉もない噂は絶えない。敵は、辺境伯所蔵の魔法書にも、そういった辺境特有の研究があると考えたのかもしれない」

「なるほど」

お金では買えない魔法書。

それを欲しがる者はどこにでもいる。

「そして相手は、ロッドくん、君のことも見ていた」

サフィさんは俺に言う。

「君があのヤウシャッガイに対処できないところを見ていたんだ。メリアの関係者らしいふるまいもしている。人質であるメリアをぞんざいに扱わず、なおかつ自分に太刀打ちできない相手。だから指定した」

それは敵としては、ある意味正解であるように思う。サフィさんもオズも強い。魔法耐性のあるヤウシャッガイも、魔法ですぐに倒してしまうほどの実力だ。

「その通りです……俺は弱い」

俺にならば抵抗されてもどうにかなる、と高《たか》をくっての指定だろう。

「弱い強いの前に、君はまず研究職であるべきだ。そうでしょ？」

サフィさんは俺を安心させるためか微笑した。

「ロッド様は十分お強いです」

オズもサフィさんに続いて言った。

「敵の条件を……呑むんですか？」

俺が尋ねると、兵たちはうつむいた。

「呑むしかないでしょう」

司令官代理の兵士さんが答えた。

「メリア様の命には代えられない。私の責任のもと現場の判断で、クリムレット辺境伯所蔵の魔法書をすべて持っていくことにします」

「魔法使いの書いた本ごときでお嬢を救えるのなら、すべからくそうするべきだよ。あとでみんなで怒られよう」

サフィさんも軽く笑いながら言った。

俺はうなずいた。

「……では、敵の言う通り俺が行かせてもらいます」

場所はもうわかっているわけだから、サフィさんが空間転移の魔法を発動させて、直接俺を敵のいる場所に送り込む。時刻は、明日の夕刻に決まった。

あとは時間になるまで休むだけだ。

けど……サフィさんも言っていた。俺は研究職であるべきだって。

「サフィさん」

「ん？」

「ヤウシャッガイの生態なんかを記している本はありますか？」

「このへんじゃ知られているほうのモンスターだから探せばあると思うけど……何するの？」

「敵の情報くらいは、頭に入れておこうかと思って」

一体でもかなわなかった虫が、多数待ち受けている。恐怖でしかない。それでも、調べて、できることを考える。

ただ待っているなんて、俺にはできなかった。

やがて、次の日の夕刻。指定の時間になった。

クリムレット卿所有の書庫にあった魔法書を収納の魔法石に入れ、俺はみんなに頭を下げる。

「では、行ってきます！」

オズは、俺の手をやさしく握った。心配そうな顔で、今にも泣き出しそうだ。

「本当はぼくもこっそりついていきたいけど……」

サフィさんも魔法陣を展開しながら、不安げに言う。

「もし感づかれたらメリアが危ないですし、またヤウシャッガイが攻めてきたときに領内を守る人員も必要ですもんね。大丈夫です」

俺は笑った。サフィさんの魔法によって、空間に穴が開く。俺はもう一度みんなに頭を下げると、その穴を通った。


次の瞬間には、ヤウシャッガイの巣にいた。ワイバーンに破壊されたものを修復したらしい。宝飾品は取り戻したので、普通の石や枝で作られている巣だった。それが木の頂上付近の幹に張りついている。

ヤウシャッガイは、自分の唾液《だえき》を使って木に巣を作り、そこに卵を産みつけ、孵化《ふか》まで卵を見守る。巣の強度を高めるために、巣作りの際に石などの硬い物質を組み込む。唾液は乾けば接着剤代わりになる。さしずめ、木の幹に併設された石造りの城だった。その上に、俺は立つ。

周囲には、黒い甲虫ヤウシャッガイが俺を取り囲むようにして飛んでいた。俺には、襲い掛かってこない。

「待っていた」

俺の目の前にもヤウシャッガイがいて、その陰から、やはり顔を出した。気を失っているメリアを担ぎ、フードを目深にかぶった男。

「目的のものは持ってきた。メリアを返してもらう」

「ロッド風情《ふぜい》が、俺に命令するな！」

怒鳴られて、瞠目《どうもく》した。俺のことを知っている……？

声がくぐもっているが、やはり覚えがあった。

「もしかして、ゾルト副隊長……!?」

俺は一歩下がった。

「なっ、ど、どうして副隊長が？」

「うるせえ！　さっさと出すものを出しやがれ！」

あのころのままだ。隊にいたときに、俺に追加のポーションを無心するときの、あの怒鳴り声。

俺の体が震え、混乱が頭をかき乱した。

「あ、いや、ま、待ってください……！」

王都がオークに襲われ、一大事になっているときである。王国騎士団なら、今頃は王都を取り戻す戦いに参加していなければおかしい。ましてや、辺境伯領に一人でいるなんて。そもそも虫を操っているというのは、どういうことだ。

「早くしろ！」

メリアの腹に、ゾルト副隊長と思われる男から伸びた爪が突き刺さっている。メリアがうめいた。服越しに、わき腹から血がにじんでいた。

俺は言うとおりに、魔法書を詰めた収納の魔法石をいくつか渡す。

ゾルト副隊長は魔法石の中身をあらためる。魔法書の一冊を手に取って、中身をおおざっぱに確認し、うなずいた。

「でも、どうして」

ゾルト副隊長は魔法はあまり得意ではなかったはずだ。魔法書など必要なのか？

そう思いながらメリアを受け取って、ゾルト副隊長の顔を見た。

「！」

フードの隙間から覗くゾルト副隊長の顔は、その三割ほどが存在していなかった。欠損しているそこを、たくさんの虫のようなものが這っている。

「ゾルト副隊長、それ……」

「………」

ゾルト副隊長はかぶっていたフードを静かに取った。顔だけではなく腕の一部も欠損していて、それを虫で補っている。見えないが、おそらく体のほかの部分も同じだろうと想像がつく。

「第十五番大隊が守る砦は、オークの軍勢に落とされた。そのときになぶり殺しにあった」

ゾルト副隊長は言った。

砦が陥落したという知らせは受け取っていたが、俺のいた隊がついていたのか。俺が除隊させられたあと、配属が変わっていたらしい。

「死にかけていたときに、魔法が使えるオークに助けられた」

「そんな個体が……!?」

蛮族であるオークとは意思疎通ができず、魔法を使うだけの知能がない。俺が知っているのは、そういうやつらだ。魔法が使えるオークなど聞いたことがなかったが……

「しかし助けられたあと、魔法の実験台にさせられて、このざまだ。魔法で体を破壊されて、虫と共生しなきゃならねえ体になった。俺がここにいるのは、隙を見て逃げてきて……たまたま行き着いただけにすぎねえ」

突如として王都が強襲されたのだとしたら、魔法の支援があっても不思議ではない。しかも虫と人間を共生させるなど、邪法《じゃほう》ともいえるようなまがまがしい魔法だ。

「………」

俺はメリアを抱えながら、ゾルト副隊長と距離を取った。警戒する。すぐにここから脱したほうがいいのかもしれない。

「異邦には、ありとあらゆるものがあるって聞いてなあ」

ゾルト副隊長は不気味に笑いながら言った。

「だったらあるんじゃねえか？　俺の体を元に戻してくれる魔法がよ」

「……だから魔法書を求めたんですか」

「魔法でも魔法薬でもなんでもいい。辺境伯がそういう資料を集めているなら、それにすがらない手はねえし、奪ってでも手に入れる」

「未知の素材があるかもしれないってだけです。異邦は、そんな夢のある場所なんかじゃない」

ゾルト副隊長の残った片目が、ぎらつきながら俺を見据える。もはや、人間なのか虫のモンスターなのか、わからなくなってきている。

「異邦のヤウシャッガイを手なずけられたのは、俺が虫に近い存在になったせいもあるだろうな。最初は操ることは難しかった。宝飾品を盗む程度のことはやらせることができたが、石を集める習性を利用できただけでちゃんと言うことは聞きやがらねえ」

ゾルト副隊長の近くにいたヤウシャッガイが、こちらを向いて羽ばたきはじめる。

「だがこの体がだんだんなじんでくるにつれて、できることは多くなっていった。今じゃ複数体を同時に使役できる。《精神操作》系の魔法石よりも正確に、緻密に集団行動を取らせられるようになった。人を殺させることがわけないくらいにはなあ！」

羽ばたいたヤウシャッガイが、そのままこちらに向かってきた。

「…………！」

だろうな。そうだろう。

目的のものが手に入ったのなら、俺たちを始末しない理由はない。

口封じもある。利用する価値は、俺にはもうなくなった。顔を知られている俺はむしろ邪魔だ。

だから始末する。ついでにメリアも。

向かってきているのは一体だが、周囲には二十体あまりのヤウシャッガイが飛んでいる。

そして、魔法使いへの対策をしてきている。一塊にならず分散させて、一部が魔法でやられても問題がないような配置なのだ。

「くっ！」

このまま殺されるのだろうか。

考えるが、もはやどう行動するか、俺が採れる選択肢は一つしかない。

十分後ろへ下がっていた俺は、そのままヤウシャッガイの巣から飛び下りた。言うまでもなく、地上まで落下したら助からない距離だ。

「馬鹿が！　自ら死ぬ気か!?　だったら好都合だぜ！」

中空へ身を投げ出した俺は、メリアを離さないように抱きしめる。勝ち誇ったように笑うゾルト副隊長。

「まさかもう一度空から落ちることになるなんて……思いもしなかったよ」

落下しながら、俺は《障壁》の魔法石を取り出し、魔力を込めた。

ぐん、と体が持ち上がるような感覚。

《障壁》の魔法を鳥の羽のような形にして展開した。俺とメリアは、滑空しながら巣から離れていく。

「なんだと!?」

俺たちの姿を見下ろしたゾルト副隊長はヤウシャッガイの背中に乗り、周囲のヤウシャッガイたちを率いながら追いかける。このままではすぐに追いつかれる。

「吹き流せ――《ブレス》」

俺はさらに風魔法で加速する。メリアとオズの二人相手に模擬戦をした経験が活きている。何事も練習してみるもんだな。

ゾルト副隊長は、まだ追ってきている。

木の枝で勢いを殺しながら、地上に着地。したと同時に、こちらに向かって降下してくるヤウシャッガイ。

「……!」

俺は土の下級魔法を詠唱。

「……圧し曲げろ、《クレイドール》!」

土人形を複数体作ってけしかける。

《クレイドール》が、降下してきたヤウシャッガイを受け止める。が、同時に崩れる。完全に力不足だ。

「無駄だ！　そんな生活補助用の魔法なんかに！」

腰の剣を抜きながら落ちてくるゾルト副隊長。

俺はそれを《障壁》の魔法で受け止め、

「まだだ！」

さらにもう三体作り出し、突撃させる。

《クレイドール》がゾルト副隊長に体当たりして俺から引き離す。だが、次の瞬間には剣に両断されて消滅する。

メリアは――大丈夫だ。まだ守れている。

俺は帰還の魔法石を発動。メリアだけを辺境伯領フーリァンへ帰した。

さらに、《クレイドール》を作って突撃。

が、やはり詠唱は隙だった。《クレイドール》を潜り抜けてきたヤウシャッガイの顎《あご》が、俺の体を砕いた。

「ぐうっ！」

次々に降下してくるヤウシャッガイが、俺をその場に押さえつける。

「無駄な抵抗はやめろ」

ヤウシャッガイとともに俺を見下ろしながら、ゾルト副隊長は俺に言った。

「……いいや、俺の、俺たちの勝ちです」

「何……？」

「この作戦の勝利条件は、メリアの帰還だ。俺の生還じゃない。それがかなった時点で、もうあなたの負けだ」

メリアの帰還を確認したサフィさんたちが、すぐに戦力を送ってくる。魔法書の入った魔法石をゾルト副隊長から取り戻し、作戦は終了だ。それまで、俺が命がけでゾルト副隊長を足止めすればいい。

「魔法書を奪うという目的を達成したら、さっさと逃げればよかったのに、俺たちを始末しようとするから、こうなるんです……」

呼吸が苦しくなってきた。それでも俺は忠告する。

「……降伏してください、ゾルト副隊長。もう仕切り直しはできません。ここまで追ってきた時点で、もう決着がついていたんです」

「偉そうにしてんじゃねえ！　てめえをぶっ殺して逃げりゃあそれで済む話なんだよ！」

ゾルト副隊長は俺の体を八つ裂きにするようにヤウシャッガイに指示をする。

「……そろそろか」

つぶやくのとほぼ同時、俺を押さえつけていたヤウシャッガイは、その巨大な顎で俺の体を砕く前に、力なくその場に倒れ伏した。

「なんだ？」

俺の近くにいたヤウシャッガイたちは同様にけいれんして倒れ、動かなくなる。

「何が、なぜ虫たちが倒れている……!?」

狼狽するゾルト副隊長自身も膝をついた。わけがわからないといった表情で、息苦しそうにしている。

「……《クレイドール》を作るとき、土の体の中にヤウシャッガイに効く殺虫のポーションを埋め込みました。攻撃を受けて《クレイドール》が壊された瞬間、ビンが割れて殺虫成分が撒き散らされるように」

俺は治癒ポーションを飲み干し、自分の体の傷を癒す。

ヤウシャッガイの情報を集めながら、一晩かけてサフィさんとオリジナルの殺虫剤を自作した。材料を集めるのに苦労したたし、もともとある殺虫剤を応用したものが大型のヤウシャッガイに効くかどうかは賭けだったたが……どうやら効いてくれたようだ。

「俺の作り出した《クレイドール》を何体壊しましたか？　壊した数だけ殺虫ポーションは周囲にぶちまけられて、至近距離にいた虫たちに影響しています！　虫と共生しているあんたにも、無害じゃないはずだ！」

「ロッド、てめえ……！」

「殺虫成分は、もう一帯に充満している！　応援もすぐに来ます！　あきらめて降伏してください！」

「ふざけるなグズがあ！　俺に逆らっていいと思っているのか⁉」

びくりと身体が反応し、恐怖ですくむ。長年怒鳴られてきたせいか、これぱかりは避けられない。

それでも、俺は正面から、ゾルト副隊長を見た。

「俺はもう、あんたの支配下じゃない。降伏しないと言うなら、今、ここで、あんたを倒します」

「お前は俺の部下だろうがああ！」

ゾルト副隊長が剣を構えながら間合いを詰めてくる。剣が届く距離まで、あっという間に。

「俺は、サフィール魔法工房所属の魔法薬術師だ！　もうあんたの奴隷じゃない！」

「貴様あああ！」

ゾルト副隊長が俺の頭をめがけて剣を振りかぶる。

俺は手に持っていたネックレスに魔力を込めていた。メリアが肌身離さず持っていた、お母さんの形見。宝石のように加工した魔法石が三つついているそれが、ほのかに光りだした。

帰還の魔法石でメリアを送り返す前に、拝借しておいたのだ。お咎《とが》めを受けるのは、覚悟の上。

「——擦り刻め」

俺は魔法を発動する。メリアと、メリアのお母さんが最も得意とした上級魔法《エア・バースト》が放たれる。メリアより威力は低いだろうが、人間一人程度たやすく引き裂ける魔法だ。目の前にいる敵の息の根を止めるための攻撃だった。

これでよかったのだろうか？　魔法を放ちながら、俺は一瞬考える。もっといい解決の方法があったんじゃないか。

しかし、放たれた魔法は止まらない。風がゾルト副隊長へ流れた瞬間、爆発的に生まれた幾重《いくえ》もの風の刃が、その身を切り刻んだ。

「うあああああっ!?」

ゾルト副隊長の体を補完していた虫たちが周囲に四散する。

殺虫の成分が、さらに効いていく。ゾルト副隊長の体が、魔法書の入った魔法石を残しボロボロと崩れて消えた。

「くそが……！」

一歩遅れて、サフィさんたちが俺を助けに来てくれる。

「ロッドくん！」

俺は疲労と極度の緊張で、膝をついた。

「サフィさん、メリアは？」

「無事だよ。よくがんばったね」

安堵すると同時に、サフィさんは俺を抱きとめた。俺も安心して気が抜けて、サフィさんに身体を預けた。

王都の戦況が好転したとの報が届いたのは、それから次の日のことだった。

メリアが無事に救出された翌日、工房で各種ポーションを製作しながら、俺とサフィさんは一足先に帰還したアララドさんに話を聞いた。

王都奪還は間近。俺とサフィさんは胸をなでおろした。

「つうわけよ」

アララドさんは、酒ビン片手に報告を終える。

「アララドさんはもういいんですか？」

「ああ。王都より辺境伯領の治安維持に回ってくれとクリムレット卿に言われてな。報告がてら先に戻された」

「軍に属していないと、フットワークの軽い行動ができるのはいいですね」

「そのおかげで今日からさっそく領内の見回りに参加だ」

休む暇もなさそうだな。大変そうだ。

「身体だけは壊さないようにしてくださいね」

「いいんだよ。普段はメシばかり一丁前に食らってたまにモンスターを討伐しているだけのごくつぶしだ。ここいらで恩が多少返せるなら無理させてもらうさ」

それはかなり謙遜《けんそん》だと思う。

隣で俺の仕事を見るために来ていたメリアとオズも、自分たちの父親が無事だったことに安心したようだった。

「よかったです……」

「お父様なら当然ですわ」

メリアも、ゾルト副隊長に腹を刺された以外は怪我はなかった。その怪我も、ポーションですぐに治癒した。ただ若干違和感があるらしく、しきりにわき腹を気にしている。巨大な虫の大軍に襲われたという精神的なショックも大きいだろう。虫嫌いならその光景だけで卒倒しかねない。

「でも、案外あっさり取り返せそうですね」

「そうだねえ」

連合軍と併せて、各砦に陣を敷いていた王国騎士団大隊も応援に駆けつけ、きわめて迅速《じんそく》に作戦が行われたらしい。

オークたちの軍勢はほとんど敗走状態。

辺境伯軍はまだ残党狩りや安全の確保で帰れないようだが、これで大きな山場を乗り越えたといえそうだ。

「うっかり奪われたとはいえ、所詮オークの群れだったたってことですかね」

「さすがに敵の数が多くて王国軍も苦戦していたようだが、辺境伯軍が到着してからは、すぐに状況がひっくり返った。兵の練度もそうだが、クリムレット卿の指揮は的確で先読みも鋭く、滞《とどこお》りなく王都奪還が達成されつつある。やはりあの方の実力は一線を画すな」

クリムレット卿……魔法使いとしても有名だが、指揮官としてもすごいのか。領民の信頼も厚いし超人だな。

「お前らんところも大変だったそうじゃねえか。虫が襲ってきてメリアもさらわれたんだって？ ロッドは大活躍だったそうだな」

「まあ、どうにかメリアが無事でよかったです」

俺はそう言って、メリアの頭をなでる。

「お前もな。いい加減、自信を持てよ」

そう言われて、背中をドガンと強めに叩かれた。超いてえ。息できん。

「じゃ、俺は異邦近辺の見回りに向かうぜ」

アララドさんはそれから、すぐに工房を出ていく。

見送ってから、お茶を淹れようと戻ると、サフィさんが何か考え込んでいた。

「どうしたんです？」

「いや、砦を落とされて王城さえ奪われる寸前だったにしては、やけにあっさり王都を取り返せそうだなって。どうして王都にここまで攻め込めたんだろう」

「たしかに、統率力がなければそんなことはできないですが」

「大戦力を大戦力として動かせるなら、背後にハイオークとかがいるんじゃないかって思ってたけど……」

「オークの上位種ですか。頭が良くて下位のオークをまとめあげる能力があるっていう」

「君の元上司も言っていたっていう魔法が使えるオークも気になったけど……そいつもまとめて倒したからこそあっさり取り戻せそうってことかな」

モンスターや蛮族の群れに襲われて小国が滅びることはまれにある。今回はその規模が大きかっただけだ。

「まあ、ひとまずは安心かな」

それでも、都市の立て直しや残党狩りには相当な時間を要するはずだ。

クリムレット卿とトリニティ将軍が帰ってくるまでには、メリアとオズの魔法も上達しているだろう。

つまり、俺が「任せろって言ったくせに何もやってねーじゃん」と怒られることは阻止できた。

そこも安心だ。

「少し休憩したらお嬢たちと遊んできたら？」

サフィさんは提案した。

「また特訓しますか？　模擬戦など……」

オズが言って、俺はぎこちなくうなずいた。

「そ、それもいいかもね」

二人の成長は目覚ましい。たぶん今模擬戦をやっても、もはや勝てない。

勝利の味も覚えてほしいからそのうちもう一度やるけども。でも黒焦げになるのはもう勘弁してほしい。

「模擬戦をするなら、わたしは見ていますね」

メリアが、珍しく控えめに言った。今日は少し元気がない。

「どうして？　調子悪いの？」

「えへへ、少し、だるくて」

疲れが取れていないのだろうか。

「……お茶淹れるの、手伝います！」

お菓子の準備をしている俺を手伝おうとメリアは立ち上がって、

「――――」

そのとき、立ち眩《くら》みしたようにその場に倒れた。

「メリア!?」

駆け寄って、抱き起こす。顔色が悪い。熱もあるようだ。

救出されたあとから様子がおかしかったが……傷は治癒ポーションで回復したはずだ。なぜこんなにも憔悴しているのだ。

何度も呼びかけているのに、荒い息を吐くだけで返事がない。だというのに、こんなときにもまだゾルト副隊長に刺されたわき腹を気にしている。

「屋敷に連れていこう」

サフィさんに言われて、俺はすぐにうなずいた。

第七章　辺境伯領防衛戦

辺境伯領フーリァンから比較的近い場所に位置する森の中。

ゾルトは豚のような頭を持つ巨体――オークに、フーリァンの様子を報告していた。

「ふん、やはり兵は出払っているか」

そのオークは人語を解した。杖を持っており、マントを身につけて、数珠《じゅず》のようなものにつながれた獣の頭骨《とうこつ》を腰に下げている。

ハイオークの亜種――オークシャーマン。魔法さえ操れる知力に優れた種だった。

「それにしても運がよかったな。それとも相手がまだ未熟だったのか。ここでこうして生きているのを喜ぶといい」

ゾルトは、ロッドに殺されるふりをして逃げ延びていた。ロッドの魔法は、一撃で頭部などの急所を破壊することなく終わり、彼は一時的に身を隠したあと、共生していた虫たちと合流したのだった。

しかしながら体の欠損箇所は半分以上に上っていた。下半身は吹き飛んだままで、右腕と右側頭部が激しく損傷している。虫たちに機能を肩代わりさせているにしても、もはや人間としての機能が保てていない。死ぬのは時間の問題であった。

「おかげで、領内の状況をつかめた。フーリァンの内部は、やはり手薄になっているようだな。仕掛けるなら、今しかあるまいか」

ゾルトは混乱していた。もう二度と会わないであろうと考えていたものどもに、なぜか自分から会いに来ていた。オークたちが王都から脱出してきたのを虫が察知して、状況を報告しなければならない思いにかられ、そして潜伏場所を探しだして、今ここにいる。

自分は、この蛮族どもから逃げたはずである。しかしなぜか、彼らのもとへ帰ってきて、あまつさえ侵略のための情報を惜しまず提供している。

「不思議に思っているようだが、ここにこうして来たのはお前の意志ではない。体内の虫に思考を操られたのだ。自分が虫を操っているとでも思っていたか？　逆だ。お前が、虫に操られている。ここでこうして我々と再会していることが何よりの証左よ」

ゾルトは今や、虫なしでは生きられない。そして、虫たちを使い行動を誘導していたのはほかでもない、目の前のオークだった。だがしかし、自分の意志はある。ここでこうして思考しているのは、自分だ。そのはずである。

「こ、これでいいだろう。頼む、もう俺を解放してくれ。俺の体を、俺の命を、俺だけのものにしてくれ」

「助けてくれと？」

「そ、そうだ」

「……どうされますか、わが王よ」

オークシャーマンの横には、たてがみのような毛を蓄えた、ひときわ大きいオークがいる。

裸にして首輪をつけた人間の女を犯していたそのオークは、何も反応しなくなった女をつまらなそうに睥睨《へいげい》しながら立ち上がった。

オークキング——オーク種の最上位存在であった。

「殺さずに命を助けてやっている。今、まさに」

「そういうことじゃなく、俺の体を……」

「そういうことじゃなく？」

オークキングに睨まれて、ゾルトはびくりと体を震わせた。

「この王に意見すると？」

「い、いえ……」

ゾルトは顔をそらして萎縮《いしゅく》した。

「司祭よ、『戦士』が仲間のオークどもを引き連れてくるまであと何日だ？」

「今日明日には用意ができるでしょう」

「滾《たぎ》るなあ。では破壊と蹂躙《じゅうりん》の宴《うたげ》は明日行う」

王と呼ばれているオークキング、司祭と呼ばれているオークシャーマン、そして戦士と呼ばれているハイオーク。三体が、オークの軍団を引き連れて王都を襲った張本人たちであった。

だが、クリムレット辺境伯率いる連合軍の数を前に、大量のオークたちを残して――いや囮にして逃げた。それから、手薄になった辺境伯領を襲う算段を企《くわだ》てていたのだった。

王都を襲ったハイオークが、代わりの仲間を集めて再び破壊活動に向かおうとしている。

その事実を知っていても、ゾルトは自分の身を守るため、従うしかなかった。

「で、貴様は、失った体を取り戻したいと？」

オークキングはゾルトに問うた。ゾルトは何度もうなずく。

「できなくもなかろう。では、新しい強靭《きょうじん》な体を手に入れたあかつきには、われわれと一緒に戦ってくれるな？」

「……た、戦います。喜んで」

うなずいた。それはゾルトの意志か、それとも自分を形作る虫たちの意志か、もはやわからない。

「ならば殺さんよ。人間と違って約束は守るタチでな――司祭よ」

「はい」

オークシャーマンは杖を構えながら魔法の詠唱を始めた。

「な、何を……」

「虫の体は飽きたであろう？　ならば今度は獣の体ではどうだ？　なんの努力もなく屈強《くっきょう》な体が手に入るのだ。ありがたく思うがいい」

「え……？　人間の、もとの体ではなく……？」

「『え？』とは？」

「あ、ありがとうございます！　ありがとうございます！」

ゾルトが涙を流しながら頭を下げると同時、彼の目の前に魔法陣が展開した。

《ビースト・トランスフォーメーション》

ゾルトの体に目の前のものと同じ魔法陣が光ると、

「――！　う、うあ……！」

欠損した部分から、筋肉が泡立つように膨れ上がった。

「あぎゃあああああああっ」

悲鳴が森の中に響き、消えていく。そこにはもう、ゾルトと呼ばれていた人間の姿はなくなっていた。

「――誰だ！」

突然、オークシャーマンが森の中に風の魔法を放った。魔法は草木を切り刻むも、それだけだった。

「………………」

「どうした？」

「いえ、何か気配がしたのですが……気のせいだったようです」

見られている気配があったのだが――今はその気配は消えていた。

「ならばよい。戦いはもう止められぬ。暴力ですべて奪いに行くぞ」

「承知しました」

戦は明日の夕刻あたりか。高揚《こうよう》しながら、ハイオークたちは戦力が結集するのを待つことにする。

‡

傷はポーションで十分に回復したはずだ。しかし、メリアは熱で倒れている。

メリアの住んでいる屋敷――クリムレット卿の居館で、メイドさんたちに運ばれていくメリアを見送りながら、

「おそらく、寄生虫だ」

サフィさんは俺に言った。

「寄生虫？」

「救出されたときにお腹に傷があったでしょ？　そこから体内に入っていったんだと思う。ポーションが効かないなら、原因は傷じゃない」

俺が魔法書を持っていったとき、ゾルト副隊長の爪がメリアの腹を浅く刺していたのを思い出した。

「たぶん、ヤウシャッガイにも寄生虫を仕込んで操っていたんだ」

「虫の中に寄生虫を？」

そういえば、俺も同じような話を聞いたことがあった。

「……たしかに、宿主《しゅくしゅ》の習性を変えて、行動を操る寄生虫がいるって聞いたことがあります。たとえばある寄生虫は、水中に卵を産むために寄生先のカマキリを入水《じゅすい》自殺させる。ゾルト副隊長は、そういった寄生虫を応用して虫を操る方法を編み出していたのかも」

「でも寄生虫は、宿主にならない生物に入ってしまったときは高熱や下痢《げり》などの拒否反応を示すことがある」

サフィさんの言葉に、俺はうなずいた。

ゾルト副隊長はメリアに寄生虫を入れてその行動を操ろうとしたけど、寄生虫の宿主になれなかったため、拒否反応が起こった。

「でも、どう対策したらいいか……君の元上司は、とんでもない置き土産《みやげ》を残していったね」

「俺のせいです。メリアを取り戻すのに、もっといい方法があったはずなのに……」

「悪いのは君の元上司じゃない？　ここは研究者らしく、何かできることを考えようよ」

うつむくと、サフィさんが俺の頭をなでた。

でもどうすれば？　俺たちに何ができるんだ？

すると、忙しそうにしているアラドさんが、こちらに駆けよってきた。

「おう、お前ら！　ちょうどよかったぜ！」

「アララドさん、どうしたんですか？」

「工房に行く手間が省けた。お前らにも知らせなきゃならねえことがある」

サフィさんは腕を組んで、アララドさんをにらんだ。

「ちょっとこっちは忙しいんだけど」

「ああ、奇遇だな。こっちもだ。ちと、やべえことになった」

アララドさんから報告を聞く。

王都を攻めていたオークたちが、今度は辺境伯領を攻めようとしている。さきほど話していた、オークを統率する上位種、ハイオークがやはり潜んでいたのだ。相手側の戦力は不明、こちらの戦力は皆無。勝てる見込みは、ほぼない。

「見回りしているときに、敵が潜んでいそうな場所を探っていったら親玉がいやがった。そこで話しているのを聞いたんだ」

「それって、明日か明後日にはオークたちの軍勢がこちらに攻めてくるということですか？」

アララドさんはうなずいた。

「奴らの口ぶりだと、そういうことになるな」

「大多数の戦力が王都奪還へ行っているのに？　どうやって勝つつもり？」

「それは、今残っている兵たちが作戦会議をしているところだ。俺もこのあと一緒に策を練る」

アラランドさんが答えると、サフィさんは神妙な表情で肩をすくめた。

「そういうわけだからよ、余っているポーションはあるか？」

俺とサフィさんは首を横に振った。生産したものはすでに辺境伯軍に納入していて、こちらの予備はない。今から作って、どれくらいの備蓄ができるだろうか。いや、そもそも、そんな余裕はあるだろうか。

わずかな兵による防衛。それ以外に残っているのは、年老いた農民や女性や子どもだ。

サフィさんがアラランドさんに尋ねる。

「戦力は？」

「かき集められて五百ってとこだ」

「武器は？」

「農具ならたくさんある」

「具体的な策は？」

「今のところはない。罠程度なら急いで作って仕掛けられなくもねえが」

「まいったね……」

サフィさんやアラランドさんは強いのだろうが、面で攻めてくるオークたち全員を相手できるわけではない。土地を守るための大勢が参加する戦いでは、やはり集団同士のぶつかり合いになるだろう。

何より、オークと人間では肉体的な強さが違う。オークたちの棍棒や石斧は容易に人間の戦士を叩きつぶせるだろうが、人間の力でオークの肌に刃を食い込ませるには、技量と筋力が必要だ。タフだから人間の魔法使いが使う攻撃魔法も効きにくい。兵の数が同じでも有利なのは向こうのほうだし、もしこちらの兵の数のほうが少なければ……それはもう勝つのは絶望的だ。

「王都に出張っている辺境伯軍にも報告して人員を回してもらおうと思うが、あちらも王都奪還戦で疲弊《ひへい》しているうえ、まだ騒動は完全に収まってねえ。何より時間がねえ」

「もー、メリアが大変なときに、なんてタイミングなの」

俺には、何かできることがあるだろうか。押し寄せようとしている激烈な流れの中で、俺ごときに、何ができるのか。頭に靄《もや》がかかったように、何もしゃべることができない。

「……ロッドくん、君は逃げなよ」

少し間があって、サフィさんは俺に言った。

「え？」

「ここに来て日が浅いでしょ？　戦える者がこんなにいない現状じゃ、ちょっと防衛は難しいかもしれない。君はまだここに思い入れも少ないだろうし、こんな状況で逃げてもクリムレット卿は文句言わないよ。何より、君は非戦闘員だしね」

「俺だけ逃げろって言うんですか？」

「うん。できれば、メリアやみんなを連れて安全なところへ逃げてほしい。君はもう、充分がんばったじゃない。あとはぼくらに任せなよ」

「………」

俺は答えられずにうつむいた。アララドさんは、俺の肩を叩いた。

「辺境伯軍が帰ってくるまで防衛できたとしても、少ない犠牲じゃ済まんだろう。現状、策がねえ。何もお前を追放しようってんじゃねえ。騒ぎが収まるまで、非戦闘員たちを連れて一時避難していてくれってことだ」

俺だけ逃げるなんてと思いはしたが、たしかに、それが妥当のように思える。所領を守るのももちろん大事だが、重要人物を守るのも、同じように大事だ。どちらも命がけでやらなきゃならない。

でも、どこに？

王都はまだ騒動が収まりきっていない。残党もいる。辺境伯領周辺は、オークたちに攻められる危険がある。

スギル伯領は安全だろうか。本当に？　逃げる場所なんて、どこにもないのでは？　逃げたところを狙われる可能性のほうが高いのではないか？　そもそも、熱にうなされて動くことができないメリアに、騒ぎが収まるまで逃亡生活をするだけの体力はあるか？

そして俺は、本当はどうするべきだろう？

「………」

目を閉じて、問題を一つ一つ整理する。

――子どものころ。俺が十歳のころだ。次第に勢いの弱くなっていく焚火をじっと見ていたときのことを思い出す。

俺の母親と父親は、同じ病気で死んだ。『塵朽化病《じんきゅうかびょう》』という、体から急激に水分が失われて塵になっていく特異な病気だった。モンスターに傷をつけられ、そこから病が発症したと思われる。

父と母は医者だった。彼らは各地を放浪しながら、ポーションでは治せない病や、魔法薬術師のいない村々、いろいろな事情でポーションや魔法薬術師を頼りにできない人々を助けていた。慈善《じぜん》活動ではなく、そういう商売だ。傷を治したり、病状を改善したり抑えたり軽くしたりして報酬を得ていた。彼らは生薬《しょうやく》を作る薬草を取るため、森林の奥地を進んでいる途中にモンスターに襲われた。彼らがかかったのは、治す方法がまだ見つかっていない病だった。

夜のキャンプ中、少しずつ動けなくなり干からびていく両親を、一人だけ無事だった俺はただじっと見ていた。

もともと両親にくっついていくだけだった俺だが、ポーションの作り方や薬草の知識などはある程度教えてもらっていた。だからこそ、自分には何もできないことを薄々理解していた。俺は、徐々に弱っていく父と母を心配しながら見ていることしかできなかった。

森の中では、モンスターに出くわす危険が高い。魔法が使えず、戦えない俺は恐怖で動けなくなっていた。

夜中に燃料の薪が尽きてきた。薪を探す心の余裕すらなかったから、俺はやむなく遺体となった父と母を焚火にくべた。

水分がなく朽ち果て形の崩れていた体は、異臭を放ちながらもよく燃えた。

もともと家がなかった俺は、それから一人で放浪するはめになった。飲まず食わずで歩き通し、ようやく王都につくことができた。しかし家のない生活はその後も続いた。

騎士団の第十五大隊に拾われたとき、俺は人手が足りなかった魔法薬術師としてポーションの生産をするよう命じられた。肉壁にもならないと判断されたのだろうか、戦場で戦わせるよりはそちらのほうが合っているという判断だったのだろうか。奴隷のようにこき使われていたが、しかし俺にとっては千載一遇《せんざいいちぐう》の機会だった。

俺は日々のポーション生産に追われながら、片手間で研究を始めた。

父と母を死に追いやった『病』という敵に抵抗したかったのかもしれない。塵朽化病だけでなく、あらゆる病に。

怪我でも病気でもなんでも治し、体を強靭にする魔法の薬。

そんな万能な薬があればと考え始めた研究は、しかしうまくはいかなかった。さまざまな強化ポーションは、少しの時間だけ体のどこかを強くするのみ。副作用もある。治癒ポーションは、いくら工夫しようが病気を治すような効果はない。

あらゆる負の症状・状態に効く万能薬の開発。

ただの夢物語だ。何度もこの万能薬の開発を夢想しては、俺なんかにできるわけがないと何度も思いなおした。

今まで誰にもなしえなかったものを俺が作れるはずがないのだ。挑戦しては、そうやって何度も断念してきた。

――でも、あれから何年も経って、今さらながら気づいてしまった。たとえ実現が難しいと理解していても、脳裏にその夢がちらつくうちは、あきらめてないんだって。

誰も作ったことのない万能薬の開発というのは、今でも夢物語と思う。けど、俺はまだあきらめていないし、あきらめたくもないんだ。

だから、と俺は脳裏に浮かんだ思い出をかき消して考える。

敵の軍勢が迫っている中、俺にできることは少ないだろう。それでも、この場所を守りたいと思っているうちは、逃げたくはない。

ここは、メリアやこちらに来てから出会った大切な人たちの居場所だ。そして何より、俺が自分の夢に近づくことができる場所でもあるのだ。

考えるのをやめない。そしてとにかく、その考えの通りにやってみるしかない。「もう充分がんばった」だとか、そういう言葉は歩みを止めるとき以外に使うべきではない。

まだ改良の余地はあるはずだ。それを模索することでしか、解決はしない。

こんなときに、一人だけ背を向けていられるものか。何がなんでも、絶対に守らなければならない。たとえそれで、自分の命を削ることになっても。

メリアを適切に治療しつつ、防衛戦を行う。

やることは、これだけだ。

俺がやることは、たぶん、もうすでに決まっている。

「俺も戦います。わずかですが、戦力にはなるはずです」

と俺は二人に言った。

「そっか……」

「ま、そう言ってくれるとオレとしてもありがてえがよ」

サフィさんもアララドさんも、俺の言葉に反対しなかった。

「……それで、サフィさん。メリアのことですが」

「何か思いついたんだね？」

俺の言葉を待っていたかのように、サフィさんは微笑した。信頼しすぎじゃないか。でも、俺は思いついたことを口にする。

「メリアのネックレスが盗まれて、虫の巣を探しに行ったときに、《探知魔法》と《鑑定魔法》を使っていましたけど、あれで体内のどこにどんな寄生虫がいるか見つけられませんかね？」

「……やってみよう」

サフィさんはうなずいた。

「あと、アララドさん、メリアにも護衛をつけてもらえますか？　安全な場所を確保できるまでの間でいいので。たぶん、今一番安全な場所は、この場所です」

「オーク防衛の司令部とメリアを治療する部屋を隣り合わせにすりゃあ、護衛の人数を節約できるだろう。兵に相談してみるぜ」

「ありがとうございます」

アララドさんは少し気を抜いたあと、再び真剣な表情になる。

「もっとも、戦になりゃあそれも言ってられねえとは思うけどな」

「問題はそこですね」

「戦にどう勝つか……正面から、フーリァンを守るようにぶつかるしかねえわな。魔法使いもかき集めてギリギリってところか。今さら感があるが残った兵たちで防壁作りでも始めるかね」

「待ってください」

オークの軍勢から、ここ辺境伯領を守る――有効かどうかはわからないが、いくつか思いつくことがあった。

「俺に考えがあります」

「ほう？」

「でも、なるべく多くの人たちの協力が必要です」

「へっ、現状打つ手がねえからな。大歓迎だ」

大勢が殺し合いをするためにぶつかり合う戦が始まる。オークの軍勢は攻める側。こちらは防衛する側。兵たちはオークどもをフーリァンに入れないよう、土地を守りながら戦う必要があった。

戦力は、こちらが下と見て間違いない。

でも、だからこそ、敵は「楽な戦いだ」と考える。付け入る隙はあるはずだ。

俺はアララドさんに自分の考えを相談する。

「……ってことで、俺はメリアの様子見も含めて、農家の人たちを中心にあちこち掛け合ってみようと思いますが、どうでしょう。うまくいくかどうかは賭けですが」

「がははっ！　上等じゃねえか！」

アララドさんは、得心したように笑った。

「その賭けに乗らねぇ手はねぇな！　いっちょやってやろうぜ！」

「はい！」

そうして夜は更《ふ》けていき――辺境伯領は、王都奪還に行った兵が戻らぬままに、決戦の日を迎える。

‡

次の日の夕方。日没前に、それは起こった。

森のほうからまっすぐ、辺境伯領フーリァンに向かって、オークの群れが押し寄せてきた。

その数、約二千。

ほとんどが王都でやられているとはいえ、それでも多い。

対して、迎え撃つは辺境伯領軍――兵士三十、民兵約五百。

急な強襲に援軍が間に合わず、かき集めるだけかき集めて、これだけ。主力で戦える民衆は、すでに王都奪還へ行っている有様。

「今日はよき蹂躙の日である」

オークを率いるオークキングは笑った。

「左様で。しかし――事前に我々の動きを察知されていますな」

オークシャーマンは人間がそうするように顎に手を当て考える。やはり昨日、ネズミがいたか。

「無抵抗の者をつぶせんのは遺憾《いかん》だなあ」

「さっさと殺して残っている女をさらってなぶりましょう」

「これをすりつぶしたあとは近隣の村でも襲うとするか」

森の中を行軍しながら、二体は話す。

もうすぐフーリァンが見えてくる。オーク軍は、雄叫《おたけ》びを上げながら突撃。森を抜けようとしている。

相も変わらず、木の柵しかない貧弱な拠点。建物を盾に陣取るしかない辺境伯軍が、整列もままならないままに配置されている。

兵は少なく、ほとんどが農民。老人の姿さえある。兵以外は、農具のようなものや手作りの木の槍を持って棒立ちしていた。柵の内側にいて、まだ向かってはこない。

まともにぶつかれば殺されるのは自分たちのほうだとわかっているのか。それともただ単に戦い方を知らないのか。

とるに足らぬ。

とるに足らぬ。

とるに足らぬ。

だが、それがいい。

圧倒的な力で、弱きものをねじ伏せるのはいい。女を犯すのと同じように気持ちが良い。

快感だ。愉悦《ゆえつ》だ。爽快だ。強いってすばらしい。

「最高だ。さっさと殺そう。すぐに殺そう」

オークキングは攻め入ろうとするオークたちを見て笑った。

「今日はよき日である――」

最前線のオークたちが森を抜けようとした……そのとき。

プシュッ！

何かが上から聞こえてきた。液体が勢いよく噴いたような音。

プシュッ！　プシュッ！　プシュッ！

それは開戦の合図のように次々聞こえてきて――

「なんだ⁉」

上から霧のような液体がオークの群れに降り注いでいた。

「――何か、罠のようなものを用意していたか⁉」

一瞬、オークたちの進軍が止まりそうになる。だが――

「オークたちは無事なようですな」

オークシャーマンが周囲を見回して言った。自分たちは、念のため魔法で《障壁》を作って防御していたが……

見たところ、被害は皆無。

「こけおどしだ！　ひるむな！　進めい！」

オークキングが雄叫びを上げる。この檄《げき》により、再び地面を揺らしながらオークたちは辺境伯軍へと突撃した。

同時に、辺境伯軍が塊になって突っ込んでくる。

両軍、フーリァンの入り口を挟むように、激突。

「――!」

最前線、数や力で勝るはずのオーク軍の進行を、人間たちがせき止めていた。

生半可な刃など通らないはずの皮膚と筋肉に、人間の力で振るわれた剣や農具が深々と突き刺さっている。時には盾ごと破壊するはずのオークの棍棒が、木製の盾に止められている。

しかもいつの間にか、フーリァンを囲むように白い壁がそびえ立っている。

「我が軍が押されている……だと?」

人間以外の種族も戦っているが、そいつらはあきらかにオークの軍勢を押している。

命がかかっているので奮戦するのは当たり前だが、何か、今までの人間とは違う。

「何が起こっている?」

これではまるで自分たちが蹂躙される側だ。人間はこれほど強い種族だったたか?

「いや、もしや――我々の力が弱くなっているというのか?」

はたと気づく。激突前に降り注いだあの液体。よもやあれが仕掛けの種か?

次々倒されていくオークたちに、オークの王は驚きを隠せない。

‡

地鳴りがする。

オーク軍がついに森を抜けて辺境伯領フーリァンへ攻めてこようとしていた。

張り詰めた空気の中で、夕日と領主の居館を背にして、戦場に赴《おもむ》こうとする者が四名。

サフィさん、アララドさん、オズ、そして俺。横並びに歩きながら、事前に決めた配置につこうとしていた。

「お前ら、心の準備はいいな？」

アララドさんは俺たちに言った。

「よくないです。俺の作った罠、うまく作動してなかったらどうしよう……」

俺はとても心配していた。胃が痛い。

「大丈夫、なんとかなるよ」

サフィさんは微笑しながら言った。

「根拠のない『大丈夫』ほど不安な言葉はないですね。くううう、ただでさえ怖いのに！」

「根拠あるんだけどなぁ。ロッドくんが作っている、っていう根拠が」

「それが不安なんですけど！　一番の不安要素！」

土壌強化ポーションを入れている噴霧装置に、いつぞや試作した身体劣化ポーションをギリギリまで量産して詰めて森の中に仕掛けた。

農家の人に手伝ってもらい畑に設置していたものを全部回収して、やっつけで製作して、攻めてくると思われる進路に設置したのだった。俺やサフィさんだけでなく、動ける農家さんや魔法使いを総動員して仕掛けを作った。

……久しぶりの徹夜だった。でもつらいなんて言っていられない。

ペーペーの俺の罠が採用されたのは、多勢相手にそれしか有効そうな手を思いつかなかったからだ。時間がなかった。

うまく作動していれば、身体劣化ポーションによってオークたちは今頃普段より弱った状態になって攻めてきているはずだ。ただ、量が足りたとは思えないし、効果時間も決して長くない。とても心配だ。

メリアの治療はうまくいっている。倒れた原因を調べてみるとやはり寄生虫で、摘出《てきしゅつ》はすでに完了した。今は居館に設置した司令部で横になっている。司令部が一番安全だから、治療が終わってから移動してもらったのだ。

罠も準備した、メリアも快方に向かっている。あとは、俺たちがここを守るだけだ。

「がははは！　初めての戦だからっておしっこチビるなよ、ロッド！」

「アララドさんこそ連戦で疲れたって言っても誰も助けてくれませんからね」

「言ってろ！」

「……終わったらごはん奢《おご》ってくださいよ」

「おうよ。たんと呑むぞ」

俺とアララドさんは前衛へ応援に行く。魔法使いである俺が前衛というのもおかしな話だが、人が足りないので仕方がない。

「無駄口が過ぎますわよ。ふざけている場合でして？」

オズがそう言ったけど、彼女は今日黒いローブに身を包んでいるオジサン形態だった。

……いや、その恰好、ふざけてはいないんだよね？

「今回はその姿なんだ、オズ……じゃない、オジサン」

「当然ですわ！」

「頼りになるよ」

「勘違いしないでくださる？　わたくし、皆さんを助けたりはしません」

「え？」

「辺境伯軍の手柄をこのわたくしが奪って差し上げますのよ！」

上機嫌で黒いローブをはためかせるオズ――いやオジサンを見て、アララドさんは口を尖《とが》らせた。

「おい、助けてくれるのはありがてえが、オレはまだお前がおっさんである可能性をあきらめたわけじゃねーからな」

「それはもうあきらめてください」

「なんでだよ！」

アラドさんはまだオジサンの正体を知らない。話すタイミングがなかったので、そのままにしておこう。

オズは後方支援に回る。サフィさんには前衛と後衛を見ながら支援をしてもらい、もし前衛を抜けてくる敵がいれば、その都度対処してもらうつもりだ。

「絶対にオーク一匹通すなよ」

「そっちこそサボるんじゃねえぞ」

サフィさんとアララドさんが軽口を叩き合う。

持久戦をする気はない。物資が圧倒的に足りないからだ。おもだったポーションやまともな装備のほとんどが王都奪還に使用されている。主力の兵士も同様。長くは持たせられない。今日中に決着をつけるつもりでかからなければならない。

そのための準備は、すでに整った。

「じゃー行こう」「おうよ！」「参りましょう」

みんなで顔を見合わせながら、俺はうなずいた。

ああ、オークどもを止めに行こう。

‡

「うおおおおっ！」

辺境伯軍隊長代理の一人であるジェラードは最前線で奮闘していた。体力は無限ではないが、民兵に無理はさせられない。

全体の士気のためにも、辺境伯軍所属の兵で前線の防衛を任された自分が無理をしなければならない。それでも、異邦から来たモンスターの討伐に比べれば、個々の能力は大したことはない。

太い丸太のように刃が通りにくいはずのオークたちの皮膚に、ジェラードの剣が難なく滑っていく。

ジェラードは次々剣を振り下ろし、

「ブオオオオッ」

景気よくオークたちを倒していく。

「いける、いけるぞ！」

剣をふるえば、たった一太刀で致命傷を与えられる。

作戦の立案に非戦闘員の研究職が絡んでいたと話には聞いていたが、魔法でオークどもを弱らせる策が功《こう》を奏《そう》したらしい。

「エルフの研究員が考案したという話だったが――さすがエルフ族の魔法だ！」

エルフであるサフィールも一枚かんではいるが、策を弄《ろう》したのはサフィールの部下である人間の魔法薬術師であることは、あまり知られていない。ロッドの名はまだ辺境伯軍には浸透していないのだった。

「やれる！　数や力で劣っていても、これなら退けられるぞ！」

「――ドウカナ」

オークの軍勢から、声がした。

「なっ!?」

本来ならしゃべるような知能などないはずである。

ジェラードは目を見開いた。オークの軍勢から、ひときわ大きいオークが進み出てきた。

しかも仲間のオークを持ち上げ、傘のように身体劣化ポーションから自分を守っていた。仲間を盾にして、降り注ぐ液体を回避していたのだ。

「話にあったハイオークか」

ジェラードはすぐに剣を構えた。

おそらく、三体いるうちの一体。王、司祭、戦士のうち、王と司祭は特徴を知らされていた。そのどちらでもないということは、戦士と呼ばれているハイオークだろう。

「それにしても、仲間を盾にするとはな」

「仲間？　コレハ仲間デハナイ」

戦士のハイオークは、盾にしていたオークを乱雑に下ろした。

……いや、それはオークではなかった。何か、毛の生えた筋肉の塊のようなものだった。動けもしないようで、地に下ろされてもピクピク痙攣《けいれん》するだけだ。

「なんだ……それ」

「知ラヌ。王カラ賜《たまわ》ッタガ、役ニ立タナカッタ」

心底どうでもいいというように、役割を終えたらしい肉の塊を持っていた棍棒で叩きつぶす。頭らしきところをつぶすと、肉の塊は動かなくなった。

「隊長！　そいつ、何かやばい！」

「大丈夫ですか⁉」

散っていた兵がジェラードを守るように寄ってくる。

「邪魔ダ！」

ハイオークはそれをジェラードごと、巨大な棍棒で横なぎにする。

「ぐおおおっ！」

巨大なモンスターに突進されたかのような衝撃で、ジェラードたちが吹き飛んでいく。

それで彼らはようやく思い出す。これが本来のオークの力。これがモンスターの持つ暴力。

一撃で体の骨が何か所も折れ、立てないほどの損傷を被った。それでもまだ質のいいポーションであれば回復できる傷だ。

――が、しかし。

「男ハ全員死ネ」

戦士のハイオークがそれを許さない。近づいてきて、棍棒を大きく振り上げ――

「ぐっ」

なすすべもなくジェラードに振り下ろされる。そのとき、

「――やはり罠を潜り抜けてきたのがいたみてえだな」

棍棒はジェラードの頭部をつぶすことなく、真上で止まっていた。

間に割って入ってきたのは、顔に傷跡のある大柄な鬼人――アララドだった。

大太刀で、振り下ろされた棍棒を止めていた。

「大丈夫かジェラード隊長代理。下っ端に指示しなきゃいけない奴が最前線で戦ってどうする」

「ア、アララド殿……」

「まあ嫌いじゃねえがな」

そのまま、棍棒を弾き飛ばす。

「ヌウ！」

たたらを踏むハイオーク。

大太刀を片手で構えながら、アララドは死んでいる肉の塊を見下ろした。

「……ゾルト、だったか。不運だったな」

森でオークシャーマンがゾルトに魔法をかけるところを見ていたアラランドは、あわれむように見下ろした。


変身魔法を施され化け物になったゾルトは、しかし増えすぎた筋肉に脳が圧迫され、すでに虫の息であった。魔法は失敗だった。

そんなゾルトをオークキングから与えられたハイオークは、とりあえず盾に使い、そのまま使い捨てたのだ。

ロッドとの戦いでは生き残ったが、さらなる魔法の実験にされて完全に人ではなくなった。これはロッドには黙っていたほうがいいかもしれない。アラランドは少しゾルトに同情する。

「殺ス」

ハイオークがいきり立ち、アラランドは構え直す。

「己の欲のままに殺戮し女をさらっていくのはさぞ楽しかろう。しかし自分勝手な行動はどこかで報いを受けねばならん」

刀の切っ先をハイオークに向けるアラランド。

「今がそのときだ」

「死ネエエエ！」

間合いを詰めてくるハイオークに合わせて大太刀を一閃する。

力量の差は歴然だった。アララドは傷一つ負うことなく、ハイオークは胴《どう》を真っ二つにされて転がった。

「……さて、オレが一番のはずれを引いちまったか？　ほかのやつの持ち場に強いのが行ってそうだなあ」

見ると、脇を抜けて進んでいくオークの軍勢がある。回り込んで辺境伯軍を包囲するつもりだろう。

ロッドの持ち場のほうか。

そう思いながら、アララドは残ったオークたちを次々倒していく。

‡

俺は、回り込もうとするオークの軍勢を辺境伯軍の兵士の人たちと一緒に倒していく。

どうやら、身体劣化ポーションは効いているようだ。

寡兵《かへい》ではあったが、抑え込めている。ただし、ポーションが効いていない個体もいるはずだ。それには注意しなきゃならない。

「ロッドくん、平気？」

前線の様子を見に来てくれたサフィさんに言われて、俺はうなずいた。

「なんとか。兵士さんたちががんばってくれているおかげです」

「ま、無事ならいいよ」

「後方は？」

「オジサンが守ってくれているから問題ないよ」

オジサンの雷撃は全方位に及ぶ。もはや彼女一人のほうがいいレベルである。

「でもサフィさんも心配性ですね」

「自慢の後輩が、この世からいなくなったら困るからね。おせっかいさせてよ」

「怖っ。そんなこと考えてたんですか？」

たぶん、俺の緊張を和らげるために支援に来てくれたのもあるのだろう。おかげで、いつもどおりとはいかないまでも気が楽になっている。

オークたちを魔法石の魔法で倒していく。徐々に数は減っていっている。

アラドさんたちの場所も大丈夫そうだ。このまま順調にいけば、勝てるかもしれない。

「でも、あっさりしすぎてるような」

俺はつぶやいた。

そうだ。王都奪還間近の報を聞いたときと同じだ。何か、違和感があった。

――そもそも、統率力の強い個体、ハイオークなんていなくないか？

俺たちの持ち場以外のところにいるのだろうか。

「たしかに、おかしいね」

サフィさんも同意する。

「…………」

突如思い至った可能性。俺の心が不安で塗《ぬ》りたくられる。

「サフィさん、勘《かん》が外れていたらすみませんが……」

「いや、ぼくもそう思ってた」

サフィさんはうなずく。

「たぶん本丸に侵入されている。屋敷の中に急ごう」

‡

——領主の居館は混乱していた。

突然、数十体のオークが現れ、館内を破壊しはじめたのだ。

雪崩《なだれ》のように攻め入るオークたち。豚のような鼻でかぎ分けながら、部屋の一つ一つを破壊して回っている。

オークたちは探していた。なぶりながら犯すことのできる女たちを。

オークやゴブリンはオスしかいないので、繁殖《はんしょく》には別の種族のメスを用いる。他種族の女をさらって犯すことが彼らの生存戦略で、探し嗅《か》ぎ分けるための嗅覚《きゅうかく》を持っている。

そうして、女のにおいを追ってオークたちが雪崩れ込んだのは、居館の中庭だった。

「！」

「ひっ」

中庭の中心に、逃げ遅れた女性たちが集まっていた。

「――――！」

興奮したオークたちが、女性たちに向かっていく。

瞬間。

魔法陣が光り、地面から白い壁のようなものが女性たちの周囲にそそり立った。

「!?」

突如として、オークたちと女性たちとの間に魔法の壁が出現したのだ。

それは四方を囲い、オークたちの接触を阻んでいる。棍棒で叩こうが足で蹴ろうが、壁はびくともしない。

「さすがサフィ様の作った『防衛機構』の試作品……びくともしませんわね」

壁は、サフィールが試作した防衛機構で、魔法石に魔力を通すと一瞬にして壁を作るというものだった。前線に展開している防壁も同じものだ。

オズ――いや、少女怪盗オジサンは魔力を込めた魔法石を手に、中庭に入ってきた。

「魔法に対する防御力も高く設計していますわね。わたくしが安心して全力を出せるくらいには」

期待できる魔法防御力は、工房に乗り込んだときに見せてもらった設計図に記載されていた。

悔しいことに、オジサンが全力の《精霊魔法》を放っても耐えられるようにできている。

サフィが作った魔法石を使うのはぶっつけ本番だった。が、使用するのは簡単だった。成功するイメージしか、彼女にはなかった。ロッドと魔法石を使う訓練をしていたのも、彼女の自信につながっていた。

「！」

獲物を見つけ、再び興奮してオジサンのほうに向かってくるオークたち。

だが中庭全体には、《精霊魔法》を放つための暗雲がすでに立ち込めている。

「これが守るための戦略……で、よろしくて？」

オークは女たちを探し出してさらう、というのは知識にあった。

であれば、女性たちを囮に敵を集め、一網打尽《いちもうだじん》にすることも可能ではないか。

「――《アルティメット・サンダーボルト》！」

すべては狙いどおりであった。

極限の雷撃は中庭全体に迸り、オークたちを一匹残らず消し炭にした。

「いつの間にか屋敷の中にまで入り込んでいたのは想定外でしたわね」

だが、ふと気づく。

アララドから聞いていたオークキングとオークシャーマンがいない。一緒に女性を狙って屋敷に侵入したわけではないのだろうか？　だとしたら何が目的か……？

「探し出す必要がありますわね」

戻ってきた水の精霊ドロシーが、再び黒いローブを形作っている。

オジサンは魔法の壁を解除し、

「トリニティ家の名にかけて、オークキングの目的を突き止めてみせますわ」

中庭をあとにしながらつぶやいた。

‡

辺境伯軍の司令部は、領主クリムレットの居館の中にある。領主の部屋の近くにあるその広間は騒然としていた。

「ぎゃあああああっ」

司令官代理が、広間のテーブルにたたきつけられて悶絶《もんぜつ》する。

オークキングが、いつの間にか中に侵入してひと暴れしていた。

「あ……う……」

同じく司令部にいたメリアは、部屋の隅でへたりこんでいた。目の前には床に深々と突き刺さったバトルアックスがあった。オークキングが投じたものだ。

突然目の前に現れたオークキングが、中枢を守る辺境伯軍の精鋭たちをなぎ倒していった。床に、返り血とともに兵の武器が落ちている。

倒れて、動けなくなっている者がほぼすべて。生きているのか死んでいるのか、もうわからない。凄惨《せいさん》な光景だった。

メリアは、恐怖で動けなくなっていた。

異邦でモンスターを倒したときよりも、ロッドと模擬戦をしたときよりも、ずっと大きな『戦争の恐怖』。殺し合うという行為への覚悟が、自分にはまったくできていなかったと思い知らされた。

人間に似ているような似ていないような姿の巨大な脅威は、メリアを委縮《いしゅく》させるには十分だった。

高熱から回復したときには、すでに戦は始まっていた。

メリアはすぐに逃げなかった。自分は領主の、父親の代わりなのだ。だから逃げるわけにはいかないのだと気炎《きえん》を上げていた。

だが、いざ事が始まってみれば——何もできなかった。

足が震えて立ち上がれず、どうしたらいいのかわからなかった。病み上がりで、まだ体が本調子でなかったのも災いした。

「おい」

「！」

司令官代理は生きていた。体をだらんとさせて短く呼吸する司令官代理の頭を果実のようにつかみながら、オークキングは一歩も動けないメリアに詰め寄った。

「服を脱げ」

「え……？」

「犯してやるから服を脱げ」

「い、いや……です」

「ではこいつを殺すぞ。いいのか？」

オークキングは持っていた司令官代理の首をねじ切ろうと力をこめる。

「……！」

メリアは両目に涙をためた。

「早くしろ！」

「………！」

オークキングの言っている意味はよく理解できない。しかし言う通りにしなければ、司令官代理は殺されてしまう。

「うっ、うぅ……」

羞恥《しゅうち》と恐怖に顔をゆがめながら、メリアは着ている服に手をかけた。

そのとき。

拳が、オークキングの顔面にめり込んでいた。

「間に……合ったか！」

ロッドが、《転移魔法》で空間を裂《さ》いて現れ、オークキングを殴打《おうだ》したのだ。

オークキングは吹き飛び、散らばっていた椅子とテーブルに突っ込んだ。

‡

サフィさんの転移の魔法で司令部へ来た俺は、オークを全力で殴《なぐ》りつけた。

飲んだばかりの筋力強化ポーションが効いているのがわかる。

吹っ飛んだ拍子にオークキングは人質の司令官代理を手放した。

「ロ、ロッドさん……！」

メリアは、こぼれそうな涙を両手で拭《ぬぐ》う。

「応援に来た。オズに聞いたら、屋敷のオークたちは、まるで何もないところから湧いて出たみたいだったって」

俺は持ってきたいくつかのポーションをメリアに渡す。

「これでみんなの手当を頼む」

サフィさんはもう一体を探しに行ったが——俺が一人でこんな化け物を相手にできるのか？

すぐに片付けて戻るからそれまで持ちこたえてくれと、サフィさんは言っていたけど……

俺の能力でそれができる気がしない。

そう、今の俺の能力では。

俺は収納の魔法石にしまっていたポーションの数々を取り出した。

「ロッドさん、それは……？」

「失敗作の強化ポーション」

筋力強化、魔力強化、皮膚硬化、脚力増強、視力強化、聴力強化、重量増加……

効果時間は今一つのくせに副作用だけやたら強い、役に立たない強化ポーションたちだ。

試作しただけの試作品。

今まで積み上げてきた失敗の数々。

これが俺のありったけだが……なりふりかまっていられない。敵は想像以上に狡猾《こうかつ》で、強い。だから、思いつくあらゆる手段で対抗しなければならない。

「ゴクッ」

すでに俺の体はポーションで強化してあったが、さらにそれらを全部飲む。

化け物と渡り合えるだけの身体に、薬で無理やり強化する。

「ゴクッ、ゴクッ、ゴクッ」

このあとあらゆる副作用で苦しむかもしれないが――そんなことは知ったこっちゃない。

今、誰かを助けられないでどうする。今、メリアの恐怖を拭ってやれないでどうする。

サフィさんがほかの敵を片付けて、戻ってきてくれるまでのわずかな時間さえ手に入れば、あとの時間なんていらない。今の俺はクリムレット卿の、メリアの、臣下なのだから。だから、俺の命を燃やしてでも――

「ゴクッ、ゴクッ、ゴクッ」

空のビンが次々足元に転がる。まだだ。

「クハハッ、なんだ今の拳は？　人間にしては強くて驚いたぞ」

相手は尻もちをついたまま笑うほどの余裕。

今のうちだ。相手が、人間など取るに足らないと思っているうちだ。

「ゴクッ、ゴクッ、ゴクッ」

飲め！

飲め飲め飲め飲め飲め！

全力で！

「……お前があの罠の仕掛け人か？」

倒れたテーブルや本をどけて、オークキングが起き上がる。

オークキングに目立った傷はまったくなく、大してダメージを受けていないのが見て取れる。人と豚の中間みたいな顔が愉悦にゆがむのは、存外に不気味だ。

オークキングは傍らに刺さっていたバトルアックスを手に取り、

「さきほどのパンチでお互いわかったろう。少し驚かされたが、それだけ。何をしようが力の差は歴然よ。それに魔法は効かん。司祭に魔法防御のチャームを作ってもらった。人間の魔法では倒れんよ」

俺の足元に転がる空ビンが二十本を超えたとき、オークキングは瞬時に間合いを詰めてくる。

「単純な暴力だけで俺は超えられんぞ！」

床が揺れる。それだけこのオークキングが、攻撃を繰り出すために足に踏ん張りを利かせているのがわかる。

横方向に振りかぶったバトルアックスを俺に勢いよく振るった。

人間では考えられないような筋力と重量と踏ん張りから来る、暴風のような一撃。

「たしかに種族の壁を越えなきゃ、お前らの暴力には抗えないのかもしれない」

後ろにはメリアがいる。避けられない。

――避けるつもりもない。

俺は歯を食いしばり、バトルアックスを素手で受ける。

「ぬう⁉」

踏ん張って倒れそうになるのをこらえる。薬で硬質化した腕だ。食い込むことなくバトルアックスは止まった。

「暴力じゃかなわない。だから、強化した。お前らの暴力を俺の暴力が超えられるように——！」

振り払うと、バトルアックスは簡単にくだけ散った。

「この力は⁉」

顔の筋肉の細かい動きで、こいつが本気で動揺しているのがわかる。

一瞬で間合いを詰め——俺はもう一度オークキングの顔面に拳を繰り出す。

俺の拳が、オークキングの顔にめり込み、形をゆがめていくのが見える。骨を砕いている感触と音がする。

「！」

ポーションで強化した俺が繰り出したのは、オークキングにとっても重い強烈な一撃だったことがわかる。

よろける。が、踏ん張ってこちらを見る。

「貴様あああ！」

向かってくる。振るわれる拳に、自分の拳を合わせる。

「！」

オークキングの拳を砕く。

「ゴクッ」

さらに、筋力強化ポーションを飲む。「ゴクッ」飲みざま、もう一撃。

オークキングは顔をゆがめ、鼻血を流しながら窓際まで吹き飛んでいく。

「がはっ！」

オークキングは窓の縁《ふち》にぶつかって止まる。

さすがにタフだ。腕力だけでは殺しきれないか。魔法も効きにくいとなれば……

「魔法が効かないんだったら――」

俺は床に刺さっていた剣を引き抜く。ここに倒れている兵たちが使っていたものだ。

そして、風の下級魔法《ブレス》を発動。

「魔法で魔法じゃない物質を射出すればいいだけだ！」

強化した筋肉で、俺は剣を投擲。突風を吹かせる《ブレス》で速度を上乗せした。

「！」

剣は深々とオークキングの体に突き刺さる。

ポーションを作るときみたいに、俺の見る世界はクリアになっていた。

オークキングの血が、スローモーションのように滴《したた》っているのがわかる。

……俺、今、魔法の詠唱したっけ？

戦いの最中に考える。

いや、してない。俺はいつの間にか、魔法詠唱を省略できていた。

オークキングはうめき声をあげる。その瞳の闘志《とうし》は消えていない。刺さった剣を引き抜こうとしている。

「……まだだ！」

倒れている兵の数だけ武器は落ちている。俺はそれらを拾い上げて、

「兵たちのここを守りたいという意志は、まだ残っているぞおおおっ！」

すべてオークキングに投擲した。

「――ッ！」

何本もの剣が突き刺さり、オークキングは絶命。

「――――」

「ロッドさん！」

同時に、薬の効果が切れて、俺はぶっ倒れた。

‡

「…………」

辺境伯所有の書庫に、オークシャーマンはいた。

クリムレット辺境伯は魔法使いとしても高名であると同時に、熱心な勉強家でもある。古今東西、あらゆるジャンルの本を収集し、蔵書として保管している。

オークシャーマンは、そこに所蔵してある魔法書を一冊、手に取ろうとした。

「何が目的？」

背後からふいに声が聞こえてきて、オークシャーマンは振り返った。

サフィが気に入らなそうな目でオークシャーマンを見ていた。

「オークのことだから人間の女をさらうのが目的なのかなーって思ったけどさ」

「…………」

「なんか違うよね？」

破壊と女をさらうだけなら、書庫などに用はないはずだ。

「……さてな」

言われて、サフィは確信する。

オークの大群はもちろんのこと、オークキングさえ動かして、こいつは何かを探していた。

「……質問を変えようか。誰の差し金で動いてる？」

「誰の、とは？」

「王都襲撃のときと、ここを襲撃したとき——お前らは軍勢を囮に忽然とその場から消え失せている。明らかに《転移魔法》を駆使しないと不可能だ。そんな上級魔法、オーク風情が誰に習ってできるようになった？」

「生まれつき、魔力も知能も高かった」

「へえ」

「それに、誰の差し金でも動いていない」

「あんたの親玉、オークキングの差し金でもないんだね」

「！」

誘導尋問だったことに気づいたオークシャーマンは気色《けしき》を変えた。

「貴様……」

サフィは考える。砦を陥落させたときに手に入れた帰還の魔法石の魔力を維持させ、王都へオーク軍を送りこんだのはこいつだ。

一時、王城に侵入されたらしいが、こいつが裏で糸を引いていたに違いない。

王都を襲撃している間に、おそらく魔法書などの文献《ぶんけん》を今と同じように手に入れたのだろう。

そして、辺境伯軍が連合軍の兵を引き連れ王都奪還へ来るやいなや、オークたちをそこに残してハイオークやオークキングを連れて《転移魔法》で逃亡。今度は手薄になった辺境伯領フーリァンを襲撃した。ゾルトを改造して操り、辺境伯の蔵書を奪わせたのもこいつの企みだろう。

そしてフーリァンでもオークたちを囮にし、自分は魔法書を手に入れに書庫へとやってきた。

王都襲撃のときと同じ手口だ。目的は知識の探究か。

普通なら女へ向くところを、こいつの欲は知識の探究に向いている。

自分の主人であるオークキングさえ差し置いて……魔法書を求めていたのか。

「まあ、お前が何を考えているかなんて興味はないけど」

自分の欲望のために、こいつは仲間を犠牲にしすぎている。それがサフィには気に入らない。

瞬時にオークシャーマンの足元に展開される魔法陣。

「！」

逃げようとしたところを、《障壁》の魔法で周囲を囲う。

そして足元に炎の魔法を使う。《障壁》で囲った中に、青白い炎が躍り、オークシャーマンに燃え移る。

「――っ！　――っ！」

何か言っているが《障壁》の外には聞こえない。

「オーク風情がとても不愉快だよ。本当にね」

恐怖にゆがんだ顔のオークシャーマンが、完全に青い炎に呑み込まれた。

‡

オークたちと辺境伯軍との戦を遠目に見ている者たちがいた。辺境伯軍は、防衛戦に勝利しつつあった。

「負けてんじゃん」

その四人のうちの一人――片目を隠した少女は肩を落とす。曇《くも》った顔の少女の心情を表すように、右腕に這い回っていた何匹もの黒いワーム状の虫がざわざわと蠢《うごめ》いた。

「せっかくお膳立《ぜんだ》てしてあげたのに、全然勝てなかったじゃん。魔法使いのオークに強力な魔法を教えたり、あたしが品種改良した虫を与えたりしたのに！」

オークどもを焚《た》きつけ、陰で支援しながら辺境伯領を襲わせたがうまくいかなかった。それが少女は残念でならなかった。

「所詮、知能の低い蛮族風情。仕方があるまいよ」

大柄な身の丈と同じくらいの巨大な両刃の剣を持つ獣人の男は、表情を変えずに答えた。

「……王都奪還の迅速さといい、この国は戦力と人材に裏打ちされた底力があるな。メモっておこう」

三十代ほどのやさしげな表情の男は、ボロボロのメモにペンを走らせる。

「少しも探れなかったじゃねえか。辺境伯領のことも『異邦』のことも。無駄骨だったなぁ」

まだ年若い見た目の、しかし聡明そうな顔つきのエルフ族の少年は大きくため息をついた。

この四人にとって、奇襲をかけたオークの軍勢が寄せ集めの辺境伯軍にあえなく敗れてしまった現実は、あまりに解せなかった。

「各々《おのおの》で進めていくしかなかろう」

とエルフの少年に対して獣人の男が言った。

「自分たちの研究を進めながらね」

少女は頬を膨らませる。

「しかし、防衛に貢献したのは、残っていた辺境伯軍の兵士とサフィール魔法工房か。兵たちは戦の経験が浅いと踏んでいたが、思いのほか練度が高い。そして、サフィール魔法工房……何か秘密がありそうだな」

やさしげな男がなおもメモに走り書きしながらつぶやいた。

「なんでもメモるのやめろよ、おっさん。証拠になるし落としたらどうするんだよ」

エルフの少年が顔をしかめた。

「仕方ないだろうが、すぐ忘れるんだから。お前こそ何一つメモを取らないで、覚えているのか？　なんでも」

「覚えてるんだよ、なんでも」

「本当かそれ……嘘だろう」

「おっさんとは頭の出来が違うってことだな」

少女がしかつめらしい顔をして男に言う。

「ゾルトを倒したのもその魔法工房にいた少年だった」

「……案外、できる人間ってのはそういうやつかもね。目立たないけど、やることはちゃんとやる」

「そう？」

「そういうもんだよ」

「いちいちメモ取らないと覚えられないくせに言うことは偉そう」

「手厳しすぎないかい？　メモを取ってるだけでさ。大事だよ」

無駄話をしていると、獣人が喝《かつ》を入れるかのように持っていた大剣で地面を叩く。

「――とにかくだ」

「あんたも偉そう。死ね」

獣人は少女を無視する。

「とにかく我々『時計塔《とけいとう》』の共通の研究……それが実を結ぶためには、引き続き辺境伯領と異邦の関係を調査せねばなるまい。そして、彼らがひた隠しにしてきているであろう『秘密』を、暴く」

獣人が言うと、三人は首肯で返す。

時計塔を名乗る四人の研究者たちは、辺境伯領フーリアンの光景を遠目に、実に不本意そうに眺めていた。

‡

オークとの戦から俺――ロッドは一週間ほど動けず、熱にうなされる日々が続いた。

あんな一瞬の強化のために一週間も身体を犠牲にするのは正気の沙汰《さた》じゃなかった。この副作用がなくなればかなり使えるようになるんだけどなあ……これも改良の余地ありか。

一週間経った今でも、俺は調子が悪く仕事に復帰できないでいる。

メリアは当たり前のように毎日工房にやってきて、俺が動けないのをいいことに膝枕とか、ごはんを食べさせてきたりとか、いろいろ好き勝手なことをやっていた。いや、助かるんだけど……かなり恥ずかしいんですが。

驚くほど暇なので、俺は魔法の研鑽や新しいポーションについて、いろいろ考えていた。

「そういやオジサンって精霊を身体に纏わせてるよな。あれどうやってるんだろう？」

「精霊にお願いして、あとは感覚ですわ」

オズは答えた。オジサンのことについてなんだけど隠さず答えてくれるんだ。

「感覚が一番難しいんだよな。気合ってこと？」

「気合というか、感覚ですわ」

「うーん、わからん」

もうすぐオズもスギル伯領へ帰っていく。トリニティ将軍の期待しているラインまでオズの基礎魔法を強化できたみたいなので一安心である。

「そうそう、お父様からこちらの品を預かっています」

「？」

オズは俺に一冊の本を渡してくる。

「わたくしに魔法を教えてくださったお礼だそうです。何やら高価な魔法書らしいですわ」

「い、いいの!?」

革の表紙に鋲《びょう》が打ってある装丁で、題名が記されていない。一見、魔法書には見えず、ただの古い本のようだ。

魔法使いが個人的に書き記した研究録などは、一般には出回らないため貴重だ。そういう魔法書は知名度も低い。珍しい魔法書というだけで貴族が資産として買い、そのまま誰にも読まれずに本棚にしまわれるということがままあるためだ。

「魔法書をコレクションしている魔法使いから高値で買い取ったものの、内容が難解でわからず、しまわれていたものらしいです。ロッド様ならあるいは活用してくれるかもしれないとお父様が」

「ありがとう！　見てみるよ！　……まともに動けるようになったら」

「あ、はい」

魔法書はかなりの年代物だった。これは、読み解くのが楽しみだ。

「クリムレット卿からも褒賞があるかもよ」

サフィさんがニヤつきながら言った。

「さすがにそれはないいんじゃないですか」

「オークの軍勢からフーリアンを守った立役者だからね。被害が極めて少なくて済んだのはロッドくんのおかげだよ。ご褒美の一つや二つあってもおかしくないでしょ」

「いや、俺は、ただ準備をしただけで、その準備だって俺一人じゃないし、守ったのは辺境伯軍の兵士さんたちですからね」

「いや大将討ち取ったじゃん」

「あー……そうだった」

必死でよくわからなかったけど、俺が倒した巨大オークが親玉だったんだよな。

「それにこちらの被害は極めて微小だった。君のおかげだよ」

「俺の功績か……」

実感がわかないな。

それよりも、魔法の詠唱を省略できるようになったほうが、俺にとっては進歩だった。オークキングとの戦いのとき、俺はたしかに風魔法《ブレス》を詠唱なしで撃っていた。必死で、いつの間にか省略できていた。

まぐれじゃない。集中すれば、いつだって詠唱は省略できるだろう。俺にそこまでの魔力があったなんて驚きだ。

「あの、ロッドさん」

考えていたら、メリアが不安そうな顔をして言った。

「ん？」

「わたし、その、足手まといにしかならなくて……何もできませんでした。戦おうとしても、怖くてできなくて。先に逃げていたほうがましだったんじゃないかって、そのほうがもっと犠牲は少なかったんじゃないかって、そう思っていて……あのとき、務めを果たすには、わたしはどうしたらよかったんでしょうか」

うつむきがちに言われて、俺はメリアの頭をなでた。

体の調子が悪かったんだから仕方ない。だけど、たぶん、そんな気休めなど彼女には不要だろう。

「何言ってるんだよ。メリアが逃げなかったから、みんな逃げずに踏ん張って、懸命にがんばれたんじゃないか」

「そうでしょうか」

「ああ、メリアは立派に領主代理としての務めを果たしていたよ」

「……うぅっ」

俺はうなずき、メリアは目に大粒の涙をためる。

まあ何はともあれ。これは——大きな一歩、と思うことにしよう。

エピローグ

この間のフーリァン防衛戦の功績が認められて、土地と家をもらった。

住所としては、ちょうどサフィさんの工房のお隣さんである。

あと快気祝いで、フーリァンの住民の方々からお花をいただいた。サフィさんの工房が辺境伯領防衛に寄与していた話が広がったらしい。お花なんてもらうのは初めてだったが、うれしいものだな。

「立派な家じゃないか……こんなところ、俺がもらっていいのか」

「ニァー」

少し古いが平屋建ての一軒家が立派に建っていた。今まで空き家だったらしい。

まさかマイホームまでもらえるとは思っておらず、戸惑いしかない。

それでも実感がわいてくる。俺だけの工房を持つという目標、万能薬を作るという俺の夢に一歩近づいたんだって。

「ちょっと待って。なんで最初からそんないい土地もらってんの？」

そこに異議を唱えるエルフが一名。サフィさんである。

「いいじゃないですか」

「ロッドくんが自分の家持っちゃったら、ぼくのごはんは誰が作るんだよお！」

「いや知りませんよ！　ていうかお隣なんだから普通に作りに行くし食いに来てくださいよ！」

なんか暴れ出したので俺はサフィさんを羽交い締めにして押さえつけた。

同じく一緒にいたアララドさんは家の中や周囲を覗いて、テンションを上げた。

「いささかボロいが、庭もあっていいじゃねえか！　魚干そう！　川魚！」

「いや、それはいいですけど」

「オレは雑用みたいなもんだからよ、普段はクリムレット卿のお屋敷に厄介になってんだよ。自分の家がないから、臭い系のつまみが自作できんのだ。屋敷で作ったら文句言われる」

「まさか、ここを自分の家のように使う気ですか⁉　家の中臭いつまみだらけにするつもりか⁉」

良い感じの薬術工房にしたいんだからそれはほどほどにしてくれ。

……中に入ってみると、さすがに整備されていなかったせいか古く、床がミシミシと鳴った。

掃除はされていたが、木造のためところどころガタが来ている。

「リフォームが必要ですね」

「……そうだねえ。独り立ちするには必要だねえ」

なんかサフィさんは少し暗い雰囲気だ。落ち込んでいるような、寂しそうな感じ。

それにしても、独り立ちとは？

「サフィさん、なんか勘違いしてます？」

「何が？」

「土地と家はもらいましたけど、仕事場はまだサフィさんの工房ですよ」

「えっ、そうなの？」

「独立してみるかいってクリムレット卿に言われましたけど断りました。サフィさんに教わりたいことがまだたくさんあるし」

「………」

「ただ、空き時間で個人的な研究がしたいので、この家は薬術工房のようにしていこうと思いますけど」

俺はまだ一人でやっていくには未熟すぎる。ていうか、お世話しないとこの人ずっと仕事しない可能性あるからな。

「なーんだ！　じゃあボロボロでいいじゃん！」

サフィさんは暗い雰囲気から一転、満面の笑みでひどいことを言い出した。

「いやよかないですよ！」

「じゃ、帰るかあ。ロッドくん、ばいばい」

なんか上機嫌のサフィさんはあっさりと引き上げていく。アラアドさんも同じく出ていきつつ、

「せっかくできた大好きな後輩がいなくなるのが寂しかったんだよな、サフィは」

とサフィさんをからかう。

「は？」

「違うのか？」

「その暑苦しい骨格をリフォームしてやろうか？」

「あ？」

こいつらがここで喧嘩したら間違いなく家が全壊する。二人をなだめながら見送りで家の外まで出ると、裏の林から、男たちの話し声が聞こえてきた。

「？　裏手に誰かいる……？」

「酔っ払いでも騒いでるのかな？　アララド、ロッドくん――」

「あ、はい。ちょっと見てきます」

ニアをサフィさんに任せて工房の裏手の林に行くと、五人くらいのガラの悪い男たちが何やら話していた。

「……！」

俺はとっさに木の陰に隠れる。

不審者かもしれない。気づかれずに隠れることができたので、怪しい男たちの様子をうかがう。

「いい動きじゃねえかロッド。お前尾行《びこう》の才能あるんじゃねえか？」

同じように隠れたアララドさんから小声で褒められる。

「アラドさんは隠れるのに向いてないですよね。でかいし」

「うるせっ」

耳を澄《す》ますと、男たちのほうから笑い声が聞こえてきた。

「これが手に入れた魔法石《吸い寄せ呑み込む穴《アトラクトホール》》だぜ。収納の魔法石と違って生き物が入れられるし、遠くのものも吸い寄せられる。外から魔力を使って出さない限りは、内側からは脱出できねえ」

「ギャハハハハ！　奴隷さらい放題じゃねえか！」

「よくそんなもん手に入ったな！」

チンピラ魔法使いたちが悪だくみをしているようだ。

それにしても――《吸い寄せ呑み込む穴》？　聞いたことがない魔法だ。違法な魔法石だろうか。

「田舎の亜人どもなんて、捕まえちまえば精神操作系の魔法石でいくらでも言うこと聞くからな」

「珍しい人種は闇市で高く売れるからなぁ」

「そのぶん捕まえにくいから、うまいこと一人になったときを狙うか」

「女だな。女を狙おう」

このへん――王国やその周辺所領では、奴隷の売買は禁止している。しかしながら、非合法の売買はいつの時代もなくならない。魔法が使えるのをいいことに、それを悪事に利用する輩《やから》が多いのである。

もちろんこんな話を聞いたら、黙ってはいられない。俺とアラドさんは同時に男たちの前に進み出た。

「よお、珍しい人種は高く売れるんだって？」

言いながら、アラドさんは驚く男たちの前で腰の大太刀を抜いた。

「鬼人ならいくらだ？」

五人の男たちも構える。

「なんだあ、てめえら」

「売られたいんなら捕まえてやらんでもねえぜ？」

「まあ、話を聞かれたからにはもう家には帰さねえがなあ！」

「俺たち『グレント魔法盗賊団』に絡んでくるたあいい度胸じゃねえかよ！」

名前だっさ。どいつがグレントだろう。わからない。全員眉間《みけん》にシワが寄ったようなチンピラの顔でぜんぶ同じに見える。

「せっかくだから新しい魔法石を試させてもらうぜえ！」

「やっちまえグレント！」

「お前ならやれる！」

「見せてくれよ……お前の活躍《レジェンド》を！」

魔法石を手に持っているのがグレントだった。グレントは《吸い寄せ呑み込む穴》の魔法石を発動。掲げた手から魔法陣を展開させると、黒い穴のようなものが現れた。

「人間はいらねえからなあ！　捕まえたあとぶっ殺してやるよ！」

なぜだろう、チンピラの怒声や脅《おど》しに、全然恐怖を感じなかった。王都の隊にいたとき、ゾルト副隊長に同じようにどやされていたときは怖かったものだが……今はただ声がでかいだけのイキリにしか見えなくなった。こんなの異邦のモンスターやオークの軍勢に比べたら、子どもが駄々こねているようなものだ。

「遅《おせ》え！」

グレントが魔法を発動しているうちにアラランドさんは瞬時に間合いを詰め、

「ぐあっ！」

「げえっ！」

グレントの横にいた二人を峰打ちで倒す。

俺はその間に無詠唱で基本の魔法の一つ《火《ファイア》》を発動し――グレントが持っている魔法石に向けて放った。

「あっつ！」

炎はグレントの手に命中。魔法石を取り落とす。

《吸い寄せ呑み込む穴》の魔法石から光が消え、魔法陣と黒い穴も消えてなくなる。

……グレントの言葉から推察するに、たぶんあの魔法が完全に放たれると、対象を吸い込んで閉じ込めちゃうんだよな？

「てめえ卑怯《ひきょう》だぜ！　魔法石を狙うなんて！　いや、お前その前に……」

戸惑っているグレントを無視して、俺はさらに《火》を発動。魔法陣から炎が猛《たけ》り、躍りながらグレントのほうへ。

「詠唱省略だと!?　てめえ何者だ!?　なんでそんな高等技術身につけてやがる!?　うぎゃああああっ！」

死なない程度に手加減はしているが、グレントは熱さで地面を転げ回った。

「チャームが効かねえぇぇ!?　どうなってやがんだよぉぉ!?」

その間に、アラフドさんが四人目を倒した。

……この人、俺が出るまでもなく一人で全部倒せたんじゃないか？

グレントがさんざん悶絶したあとで、体についていた魔法の炎が鎮火《ちんか》する。

「下級魔法でもチャームを貫通させる威力とは……さては、てめえ人間じゃねえな？　化け物か？」

地面に突っ伏して煙を出しているグレントが尋ねた。

「いや人間だから」

人を化け物とか、失礼だな。

「おーい」

遠くからサフィさんがやってくる。

「終わったみたいだね」

後ろから、領民の人たちも何事かと聞きつけてやってくる。エルフや獣人のおじさんたちもいる。

「どうしたどうした？」

「アララドさんじゃないか。あとサフィちゃんとこの新人の兄ちゃんも」

そう言われて、

「どうも……」

領民のおじさんたちに、俺は頭を下げる。

「一体何があったんだ？」

「こいつら、お前らを奴隷としてさらって高値で売り払おうとしてたんだと」

アララドさんが説明すると、異邦の民の領民たちの表情が険しいものに変わる。

「ほお、それはいい度胸だな？」

「俺たちをさらう？　こんな貧弱そうなやつらがか？」

ここに住んでいる領民たちの一部は、あの恐ろしいモンスターがはびこる山岳地帯——異邦近辺出身の亜人たちである。

「犯罪者が潜んでいたなんて」

「わぁ怖い」

「どうしよう、もう外に出られない」

なんて言いながら、委縮する者は限りなく少ない。むしろ返り討ちにする気満々である。

異邦の民がいない周辺の小さい村々ならともかく、ここはフーリァンだ。ただのチンピラ魔法使いが奴隷になりそうな亜人を狙って誘拐《ゆうかい》するなんて、難度が高すぎる。

「なんだなんだ？」

「人さらいが出たんだと」

と、騒ぎを聞きつけて住民たちがさらに集まってくる。

この領邦は常備兵が少ない代わりに、有事の際には戦いたい民たち全員が兵になる。それは日常生活においても同じだ。何かがあったときに、共通の敵に対して団結して戦う。しかも人種に関係なく団結する。ここの人たちにはそれができる。

「やれるもんならやってみろや！」

「殺される覚悟はあるんだろうな！」

「吊るせ！」

「ひいいいっ、すみませんでした！」

自警団の人たちや辺境伯軍の兵士さんたちも騒ぎを聞いてやってくると思うけど、それまでは善良な領民の皆さんにお任せしていいだろう。

どっちが盗賊団なのかよくわかんなくなるけど……まあ些細《ささい》な問題だ。

「オレから辺境伯軍に報告しておくから、お前らは帰っとけ」

アララドさんは残って後始末をしてくれるようだ。

「ありがとうございます」

「じゃあ、メリアを誘ってお茶にするかロッドくん」

「あ、はい。了解です」

この人、いつもお茶飲んでるな……

俺とサフィさんが工房に戻ると、

「あれ？」

工房の前に人が一人立っているのを見つけた。

「サフィさん、お客さんじゃないですか？」

「え？　あっ」

サフィさんもその人物を見る。

十代半《なか》ばくらいの、長い黒髪の美少女だった。

煙水晶《けむりすいしょう》のような薄暗い瞳で、貴族のお嬢さんかと思うほど姿勢がすらっとしていてきれいだ。黒い外套から、動きやすそうなハーフパンツが覗いている。

「こんにちは。あの、この工房にご用ですか？」

俺が近づいていくと、その黒髪美少女は俺たち……いや、サフィさんを見つけ、

「サフィ！」

うれしそうに声を上げた。

「おかえり、スキア。おひさー」

と、サフィさんも返す。知り合いだったのか。

サフィさんにこんな見目麗《みめうるわ》しい女の子の知り合いがいるとは……顔が広いな。変人の知り合いが多そうだなと勝手に思っていたけど、そうじゃないみたいだ。

いや、でも、『おかえり』……？

「ふっ……」

黒髪美少女——スキアさんは得意げになって微笑して胸を張り、

「余が！！！　帰ったぞ！！！！！」

くそでかい声で言われて、「あっ……」と俺は察する。

美少女というアドバンテージを一瞬で消し去るこの感じ……これは間違いなくサフィさんの知り合いだ。そう俺は確信したのだった。

子連れ冒険者の のんびりファンタジー!

神様のミスで命を落とし、転生した茅野巧。様々なスキルを授かり異世界に送られると、そこは魔物が蠢く森の中だった。タクミはその森で双子と思しき幼い男女の子供を発見し、アレン、エレナと名づけて保護する。アレンとエレナの成長を見守りながらの、のんびり冒険者生活がスタートする!

◉各定価:1320円(10%税込) ◉Illustration:やまかわ ◉漫画:みずなともみ B6判 ◉各定価:748円(10%税込)

月が導く異世界道中
Tsukiga Michibiku Isekai Dochu
あずみ圭
Azumi Kei
1~19
8.5
シリーズ累計360万部の超人気作!(電子含む)
TVアニメ第2期
2024年1月8日から 2クール 放送開始!
TOKYO MX・MBS・BS日テレほか
月が導く異世界道中
あずみ圭
薄幸系男子の成り上がりファンタジー、開幕!
なんてだろう親の都合で異世界へ
待望の書籍化!
読者賞受賞作!
異世界へと召喚された平凡な高校生、深澄真。彼は女神に「顔が不細工」と罵られ、問答無用で最果ての荒野に飛ばされてしまう。人の温もりを求めて彷徨う真だが、仲間になった美女達は、元竜と元蜘蛛!? とことん不運、されどチートな真の異世界珍道中が始まった!
2期までに
原作シリーズもチェック!
●各定価:1320円(10%税込)
●illustration:マツモトミツアキ
1~19巻好評発売中!!
月が導く異世界道中
1
あずみ圭
木野コトラ
強制召喚
ぼっち
人外まつり
シリーズ累計29万部
とことん不運、されどチート!!
漫画:木野コトラ
●各定価:748円(10%税込)●B6判
コミックス1~13巻好評発売中!!

デスゲームと化したVRMMO－RPG「THE NEW GATE」は、最強プレイヤー・シンの活躍により解放のときを迎えようとしていた。しかし、最後のモンスターを討った直後、シンは現実と化した500年後のゲーム世界へ飛ばされてしまう。デスゲームから"リアル異世界"へ――伝説の剣士となった青年が、再び戦場に舞い降りる!

各定価:1320円(10%税込)

1～22巻好評発売中!

illustration：魔界の住民(1～9巻)
KeG(10～11巻)
晩杯あきら(12巻～)

コミックス 1～13巻 好評発売中!

漫画：三輪ヨシユキ
各定価：748円(10％税込)

アルファポリスHPにて大好評連載中!

アルファポリス 漫画　検索

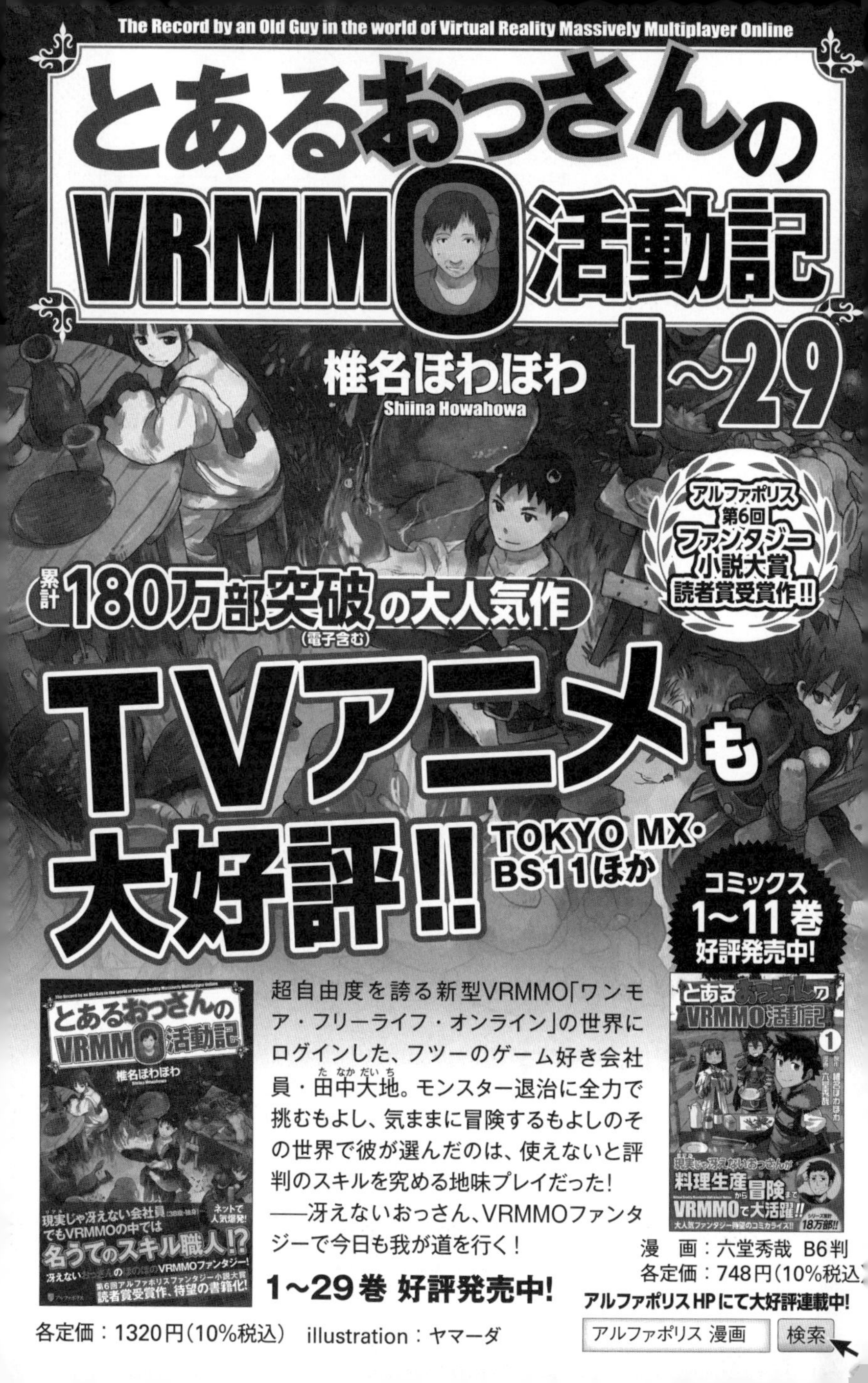

The Record by an Old Guy in the world of Virtual Reality Massively Multiplayer Online
とあるおっさんのVRMMO活動記
椎名ほわほわ
Shiina Howahowa
1〜29
アルファポリス
第6回
ファンタジー
小説大賞
読者賞受賞作!!
累計180万部突破の大人気作
(電子含む)
TVアニメも大好評!!
TOKYO MX・
BS11ほか
コミックス
1〜11巻
好評発売中!
超自由度を誇る新型VRMMO「ワンモア・フリーライフ・オンライン」の世界にログインした、フツーのゲーム好き会社員・田《た》中《なか》大《だい》地《ち》。モンスター退治に全力で挑むもよし、気ままに冒険するもよしのその世界で彼が選んだのは、使えないと評判のスキルを究める地味プレイだった!
――冴えないおっさん、VRMMOファンタジーで今日も我が道を行く!
1〜29巻 好評発売中!
各定価:1320円(10%税込) illustration:ヤマーダ
漫 画:六堂秀哉 B6判
各定価:748円(10%税込)
アルファポリスHPにて大好評連載中!
アルファポリス 漫画
検索

この作品に対する皆様のご意見・ご感想をお待ちしております。

おハガキ・お手紙は以下の宛先にお送りください。

【宛先】

〒150-6008 東京都渋谷区恵比寿 4-20-3 恵比寿ｶﾞｰﾃﾞﾝﾌﾟﾚｲｽﾀﾜｰ 8F
(株) アルファポリス　書籍感想係

メールフォームでのご意見・ご感想は右のＱＲコードから、
あるいは以下のワードで検索をかけてください。

アルファポリス　書籍の感想　検索

ご感想はこちらから

本書は Web サイト「アルファポリス」(https://www.alphapolis.co.jp/) に投稿されたものを、改題・改稿、加筆のうえ、書籍化したものです。

辺境薬術《へんきょうやくじゅつ》師《し》のポーションは至高《しこう》

騎士団《きしだん》を追放《ついほう》されても、魔法薬《まほうやく》がすべてを解決《かいけつ》する

鶴井こう（かくいこう）

2023年 12月31日初版発行

編集－今井太一・宮田可南子
編集長－太田鉄平
発行者－梶本雄介
発行所－株式会社アルファポリス
〒150-6008 東京都渋谷区恵比寿4-20-3 恵比寿ｶﾞｰﾃﾞﾝﾌﾟﾚｲｽﾀﾜｰ8F
TEL 03-6277-1601（営業）　03-6277-1602（編集）
URL https://www.alphapolis.co.jp/
発売元－株式会社星雲社（共同出版社・流通責任出版社）
〒112-0005 東京都文京区水道1-3-30
TEL 03-3868-3275
装丁・本文イラスト－中西達哉
装丁デザイン－AFTERGLOW
印刷－図書印刷株式会社

価格はカバーに表示されてあります。
落丁乱丁の場合はアルファポリスまでご連絡ください。
送料は小社負担でお取り替えします。
©Kou Kakui 2023.Printed in Japan
ISBN978-4-434-32939-5 C0093